이전과 다르게 살기

이전과 다르게 살기

이주현
정지혜
윤 슬
김정아
이예림
이성재
하지은
서신영

좋은땅

"어제와 똑같이 살면서 다른 미래를 기대하는 것은 정신병 초기 증세다."

알버트 아인슈타인이 한 말이다. 충격적이다. 평범한 대부분의 사람들은 오늘도 어제처럼 똑같이 살면서 미래의 삶이 더 나아지기를 바란다. 그렇게 하루하루를 보낸다면 머지않은 미래에 인생그래프는 하향곡선을 그을 것이다. 생각은 행동을 만들고 행동은 습관을 만들고 습관은 운명을 만들기 때문이다.

어제와 조금이라도 다르게 살아야겠다는 자각으로 2025년 새해를 맞아 아주 작은 습관 하나를 만들어 보려고 습관 만들기 모임을 만들었다. 혼자의 힘으로는 '작심3일'이지만 함께의 힘이라면 가능하다 여겨 다 함께 손잡고 하루하루 실천했다. 100일을 완주한 분들도 있고 더러는 조금 못 미치지만 평생 실행할 습관을 만들었다. 이 습관은 이제 몸에 배어 일생 이어질 것이다.

전과 다르게, 어제와 다르게 우리는 한 걸음씩 내딛었고 완료했다! 그리고 그 맛을 알아 버렸다! 이 작은 습관 만들기의 경험을 베이스로 점점 앞으로 나아가 마침내 찬란한 미래의 꿈을 반드시 이룰 것으로 믿는다. 그렇다, 좋은 습관은 좋은 운명을 만든다!

2025년 5월 1일
대표 작가 **이주현**

차례

이 성 재 작 가

습관 만들기 주제

매일 행동 관찰일지 쓰기

1. 가정 폭력에 시달리는 아이의 상황을 몰랐다

2. 행동 관찰일지 쓰기로 달라진 교실

이성재 작가는

경기도 소재 4학급 소규모 학교에서 복식학급의 담임으로 재직하고 있다.

하루하루 열정으로 살아가기가 목표이며, 학생들을 가르치는 데에 많은 행복감을 느끼고 있다.

교직 경력 3년 차에 접어든 시점에서 이제까지 해 왔던 교육에 대해 되돌아보고 성찰하며 무엇이 진짜 교육인기에 대해 고민했고, 동서고금 교육 선배님들의 교육 사상을 공부하고 있다.

1 │ 가정 폭력에 시달리는 아이의 상황을 몰랐다

나의 습관 만들기 목표는 행동 관찰일지 쓰기의 습관화이다. 이를 실행하기 위해 3월부터 매일 관찰일지를 쓰고 인증하고 있다. 그 결과 아이들의 사회적 관계와 심리 상황에 주의를 기울이게 되었고, 필요시 개인 상담을 하며 건강하고 명랑한 학급을 만들어 가고 있다.

"저는 학급 일지를 작성해 학생들을 주기적으로 관찰하고 학생들의 성장에 도움이 되도록 하겠습니다."

이 말은 교원임용시험 면접 때 했던 말이다. 지금도 그렇게 생각한다. 다만, 너무 바쁘고 귀찮아서 실행하지 못했다. 수험생 때는 학생들을 열심히 가르치는 것이 교사가 하는 일의 전부인 줄 알았는데 막상 발령받고 보니 수업은 물론 행정업무나 학생들의 생활지도까지 해야 했다.

선배 교사들이 자주 하는 말이 있다. '수업을 못 하면 학생들의 원성을 듣고 징계는 받지 않는다, 업무를 못 하면 욕을 듣고 징계를 받는다.' 나에게 가장 신경 쓰이는 시간은 쉬는 시간이었다. 그 시간은 내가 생각했던 것과 180도 달랐다. 선생님과 아이들이 함께 즐겁게 대화하고 놀 줄 알았다. 그런데 우리 반 학생들은 선생님의 옆모습을 보고 말하고 있다. 왜냐하면 담임은 컴퓨터를 보느라 바쁘기 때문이다.

2023년 3월 2일, 첫 담임의 설렘을 가득 안고 교실에 들어갔다. 학생 수는 28명으로 당시 기준으로는 많은 편이었지만 학생들은 모범적이고 학습 수준도 높았다. 학급이 많은 학교라 행정업무도 많지 않았다. 수업에 집중하기 쉬운 환경이었다. 신규의 열정으로 이것저것 안 해 본 수업이 없다. 학생들도 나를 굉장히 좋아하고 잘 따라 주어서 학교에 가는 게 즐거웠다. 단 처음 학교에 가니 공문 쓰는 법, 나이스 활용법 등 모르는 부분이 많았다. 그 부분을 메꾸느라 100% 수업과 생활지도에 집중할 수 없었다. 물론 학급 일지를 작성하겠다는 생각은 엄두도 낼 수 없었다. 다행히 학급은 그냥저냥 잘 굴러가고 있었다. 생각지도 못한 일이 터지기 전까진 말이다.

불길한 예감은 왜 틀리지 않을까?

대다수 학급처럼 우리 반도 3월에는 번호 순서대로 앉다가 4월에는 뽑기로 자리를 정했다. 자리를 정하면서 약간 불길했다. 가장 예민한 여학생 A가 장난꾸러기 남학생 B의 뒷자리로 배치되어서이다. 그래도 어쩔 수 없다. 마음에 안 든다고 해서 결과를 뒤집는 순간 혁명이 일어날 수도 있다. 그때는 몰랐다. 교사가 미리 설정할 수 있는 자리 바꾸기 프로그램이 있고, 그 프로그램이 교사들에게 꽤 만족도가 높다는 걸.

예상과 달리 4월 초반에는 조용했다. 그러던 어느 날, 교직원 회의가 끝나는 4시쯤 부재중 전화가 똑같은 번호로 4통이나 왔다. 불길한 예감이 들었다. '이런 집요한 전화는 A 학생 학부모님이리라.' 상황은 불 보듯 뻔했다. 확인 전화를 걸기가 무서웠다. 수화기 너머 들리는 연결음 소리가 내 심장을 두드리고 있었다.

담임: 여보세요? A 학생 어머님이신가요?

A 학부모님: 네, 안녕하세요. 선생님, 잘 지내시나요?

담임: 네, 어머님. 어쩐 일이세요?

A 학부모님: 우리 아이가 앞에 앉은 B 때문에 너무 힘들어해요.

담임: 그래요? 그렇게 보이지는 않는 거 같은데요?

무엇인가 잘못되어 가는구나. 분명 A랑 B는 별문제가 없어 보였는데 이상했다. A 학부모님께서는 어이없어하시며 크게 화를 내셨다. 어느 부분에서 불만이신지 파악조차 안 되는 내 상황이 답답하기만 했다.

A 학부모님: B 학생이 일부로 프린트를 뒤로 안 넘기기도 하고요. 쉬는 시간에는 몰래 놀리고 도망가요. 선생님! 다 됐고, 그냥 자리 다시 바꿔 주세요!

담임: 어머님. 죄송하지만 그건 좀 힘듭니다. 일단 제가 내일 A 통해서 다시 한번 확인해 보겠습니다.

30분가량 이어진 상담은 귀에서 피가 날 정도였다. 다행히 다음 날 학생 A와 상담하고 B 학생과 화해하고 마무리했다. 늘 바쁜 탓에 아이들을 자세히 관찰할 겨를이 없다. 평소에 아이들의 행동을 관찰하고 대화하고 기록했더라면 이런 일은 없었을 텐데 기록하지 않은 아쉬움이 컸다. 선배 교사들께서 이런 일에 대비해 나이스에 누가기록이나 관찰기록을 작성하고 있다고 조언하셨다. 나이스를 열고 기록하려면 여러 단계를 거쳐야 하니 접근성이 떨어졌다. 사람은 대개 큰일이 나기 전까지는 움직이지 않는다.

세심하게 관찰해야 하는 이유

그해 4월, 우리 반 여학생 C가 쉬는 시간마다 날 찾아왔다. C는 리더십도 있고 평소 친구들과 잘 어울리는 성격이었다.

학생 C: 선생님. 저 아파요.

담임: 그래? 어디가 아픈 거야?

학생 C: 그냥 좀 아파서 보건실에 가고 싶어요.

담임: 그래. 아프면 보건실에 가야지. 얼른 갔다 와.

나는 아프면 병원에 가야 하는 것이 순리라 생각했고, 보건실에 보낸 걸로 끝냈다. 지금 생각해 보면 너무 단순한 대처였다. 좀 더 자세히 알아보고 물어보고 관심을 가졌어야 했다. 몇 주 후 그 학생은 놀랍게도 팔에 깁스를 하고 나타났다. 어디가 아픈지 물어도 대답을 안 하고 얼버무렸다. '사춘기가 시작되어서 그런가.' 하고 더 이상 캐묻지 않았다. 그러던 어느 날, 수업 시간에 갑자기 교실의 전화기가 울렸다.

보건교사: 선생님, 수업 중에 죄송한데 잠깐 보건실에 내려오실 수 있나요?

담임교사: 무슨 일 있나요?

보건교사: 선생님 반에 학생 C 있죠? 그 학생이 보건실에 있어요.

담임교사: 네, 맞아요.

보건교사: 학생 팔을 보니까 매 맞은 흔적이 있는 거 같아요.

머리를 한 대 맞은 것 같았다. 내려가 보니 보건 선생님께서 학생 팔의 다친 부위 사진을 보여 주셨다. 팔 부분, 깁스한 곳에는 모두 선명하게 맞은 자국이 있었다. 가정에서 일어난 아동 학대 사건이었다. 학생의 어머니가 체벌한 것이었다. 얼마 후 그 학생은 쫓기듯이 다른 학교로 전학을 갔다. 전학 가는 날 학생과 울며 작별 인사를 하였다.

이 사건을 겪으며 내가 부끄러웠다. 만일 내가 그 학생의 이야기를 세심하게 듣고 미리 알아챘다면 이런 일은 일어나지 않았을 텐데 아쉬움이 컸다. 학생의 상황을 미리 세심하게 관찰하고 기록했다면 그 학생의 아픔을 조금이나마 덜어 주었을 것이다. 나를 가장 힘들게 했던 것은 우리 반 아이의 아픔을 내가 아닌 보건 선생님께서 먼저 발견하셨다는 점이다. 그 학생에게 따뜻한 말 한마디와 관심 있는 시선 하나도 못 건넨 것이 오랫동안 내 마음을 괴롭혔다. 이 사건을 계기로 다시는 이런 일이 일어나지 않도록 학생들을 좀 더 세심하게 관찰하려고 학급 일지를 매일 작성하기로 했다.

작년 2024년은 전담 교사로 수업시수를 적게 배정받아 비로소 시간 여유가 있었다. 그때 행정업무에 숙달하는 노하우를 터득하여 업무 부담을 많이 덜었다. 올해는 5, 6학년 복식학급(한 학년의 학생 수가 적어 2개 학년 학생들을 통합해 편성한 학급) 담임을 맡았는데 학생은 5명이고 모두 여학생이다. 학생 수가 적어 학급 일지를 쓰기에 안성맞춤이었다.

행동 관찰일지

일단 일지를 쓰기 위한 심리적 준비는 끝났다. 보통 선배들은 일지를 나이스에 적으라 하셨는데 나이스보다는 한글 문서가 학급 일지 쓰기에 편했다. 한글 문서로 표를 그려서 간단히 기록하도록 실행하니 바로바로 기록할 수 있어 좋았다.

학급 일지를 작성할 때는 최대한 간단히 기록한다. 완벽한 것도 좋지만 매일의 기록이 쌓이는 데 초점을 둔다. 학생들의 상황, 변화 정도를 보기 위해 짧게 1~2문장으로 누가기록을 한다. 사소한 것이라도 평소와 다른 느낌이면 중요 단어 몇 개를 적는 식으로 기록한다. 실천의 강제성을 위해 학급 일지 쓰기 파일을 매일 글쓰기 단톡방에 인증했다.

학생 파악에 유용한 데이터 누적

학생들의 성향을 파악하고 행동을 누적 기록하는 이유는 사건 사고 때나 상담이 필요할 때 활용할 자료로서 사전 데이터가 필요하기 때문이다. 꾸준한 관찰과 기록으로 판단하면 학생의 상황이나 내면의 감정을 놓치지 않고 읽을 수 있다.

우리 반 6학년 학생들은 작년 전담 수업반이라 성향을 파악하고 있었다. 5학년 학생들은 학교가 워낙 작고 전교생 수가 적어 대강은 파악하고 있었다. 정리하자면 다음과 같다.

5A 학생 : 다정하고 배려하는 성향, 공부에 두각을 나타냄.
5B 학생 : 털털하고 활발한 성격이며 모범적인 학생.
6A 학생 : 남의 평가에 예민 반응하지만, 타인의 감정도 잘 살핌.
6B 학생 : 창의적인 생각을 하기 어려워함. 다소 냉정한 성격임.
6C 학생 : 발표에 적극적으로 참여하지만, 기초가 아직 부족함.

종합적으로는 대부분 착하며 서로 두루두루 잘 지낸다. 다만, 몇몇 학생들은 학습에 어려움이 있다.

관찰 그리고 기록!

우리 반 아이들은 3월 첫날에 나랑 친한 친구가 와 있는지 확인할 필요가 없다. 작년에 같이 배웠던 학생들이 올해도 그대로다. 그러니 첫날 쉬는 시간부터 삼삼오오 모여 거리낌 없이 놀고 있다.

그런데 담임은 학생들이랑 어색하다. 학생들과의 관계를 먼저 형성해야 관찰도 원활히 이루어질 텐데. 늘 바라보던 컴퓨터에서 벗어나 학생들과 다가가 먼저 친해지려고 애를 썼다. 아이들은 순수하고 작년에 가르친 아이들이 있어서인지 금방 친해졌다.

이후, 나는 서로 어울려 다니는 학생은 누구인지, 주목할 만한 학생의 말과 행동, 학습 과정에서의 모습 등을 학급 일지에 작성했다.

간단하게 포스트잇에 메모한 뒤 파일에 옮겨 적거나 직접 파일에 입력하였다. 관찰한 내용을 잊어버리면 안 되기 때문에 학급 아이들이 하교하자마자 작성하는 습관을 들였다. 학급 일지 양식은 5명의 이름을 적고 그 옆 칸에 관찰 내용을 기록하는 식이다.

학급 일지로 달라진 교실 이야기

학급 일지를 작성하면서 변한 게 있다. 이전에는 바쁘다는 핑계로 학생들과 대화를 많이 하지 못했다. 그저 학생들 간에 언성이 높아지거나 문제가 발생하면 개입했다. 처음엔 왜 싸우는지 원인을 파악하는 데에만 힘을 쏟았다. 현재는 학급 일지를 통해 얻은 자료들을 보며 상담에 임하니 훨씬 차분하게 전후 상황을 듣고 제대로 조율할 수 있다. 아이들을 깊이 이해할 수 있게 되어 마음이 가볍다.

학생들을 제대로 보다

2월에 이전 담임선생님들과 많이 얘기를 나눴다. 학교생활기록부를 통해 학생들의 성향을 대략 파악도 했다. 그 이유는 앞서 얘기했던 것처럼 선입관으로 평가하지 않기 위해서다. 실제로 직접 관찰하고 일지를 작성해 보니 이미 알고 있던 것과 달랐다. 때로는 학생의 의외의 모습을 보았다.

예를 들어, 6C 학생은 발표에 적극적으로 참여하는 등 열정적인 성격이고 작년 선생님의 소견으로는 교사를 잘 따르는 성격으로 전달받았는데 사춘기라 그런지 의외로 자아가 강한 성격이 보였다. 수학 시간에 입체도형의 면, 모서리, 꼭짓점의 개수를 제대로 세지 못해 교사가 도움을 주려고 입체도형 교구를 주었는데, 자존심이 상했는지 이를 외면하고 끝까지 그림 입체도형의 면, 모서리, 꼭짓점의 수를 셌다. 이 모습을 보며 기존에 파악한 게 틀릴 수 있다는 걸 알았다.

학생 간의 관계도 더 잘 파악할 수 있다. 학생들 간의 친소는 쉬는 시간에 극명하게 나타난다. 작은 학교라 모든 학생이 서로 잘 지내는 줄 알았고, 서로 친한 줄 알았는데 실상은 그렇지 않았다. 5A 학생과 6B 학생이 비슷한 성격이라 친하게 지내고, 6A 학생과 6C 학생은 서로 티격태격하는 사이다. 이런 상황을 파악해야 모둠별 수업, 자리 배치 등에 활용할 수 있다.

5, 6학년 학생들은 질풍노도의 시기가 시작되어 상담하기 조심스럽다.

여학생들은 잘 마음을 열지 않는다. 학생들의 말과 행동을 관찰하고 주시하니 학생들의 **고민이나 어려움을 구체적으로 파악**할 수 있었다.

5A 학생은 공부에 두각을 나타내는데 그 이유를 알게 되었다. 아이들의 대화 속에서 학원 외에도 집에서 부모 주도하에 공부하고 있다는 걸 알았다. 그런데 너무 많은 공부 양이 그 아이의 고민이었다. 그래서 부모님을 이렇게 설득해 보라는 구체적 방법을 조언했더니 진짜 부모님을 설득, 공부 시간을 줄였다.

3월 이후 관찰한 사항들을 바탕으로 내가 기존에 인지한 내용과 실제 내가 관찰한 내용을 비교·대조한 결과를 표로 정리했다. 이 표는 여태 작성한 학습 일지를 토대로 작성했다.

구분	관찰 내용 〈표 1〉	
	2월 당초	3월 이후
5A	- 다정하고 배려하는 성향. - 학습에 뛰어남. - 전형적인 모범생임.	- 사소한 것에 마음의 상처를 많이 받음. - 타인의 감정에 민감하게 반응해 배려함. - 학습 자체에는 문제가 없으나 집중력 저하, 학업 스트레스가 있음.
5B	- 다소 털털한 성격이고 활발함. - 생활, 학습에서 모범적임.	- 감정 파악에 어려움이 있음. - 선생님께 호기심이 많음. - 장난치는 것을 좋아함. - 학습에서 어려움을 겪을 때가 있음.
6A	- 남의 평가에 예민하게 반응. - 타인의 감정을 잘 보살핌.	- 쾌활하고 활달한 성격임. - 감정의 대화가 가능함. - 가끔 예민하게 반응하여 관계를 망칠 때가 있음. - 학습을 어려워해 학습 동기가 낮음.

6B	- 창의적 생각이 힘듦. - 다소 냉정한 성격임. - 구성원 관계 좋음.	- 자신의 생각을 쓰기 어려워함. - 감정보다 사실을 우선시함. - 6C 학생과 종종 다툼.
6C	- 발표에 적극 참여함. - 기초 역량이 부족함. - 타인과 관계가 좋음.	- 사춘기가 시작돼 다소 반항적임. - 맞춤법, 말하기 등 기초 능력이 부족함. - 친화적인 성격으로 두루 잘 어울림.

이전과 달라진 교실

원래 학급 일지 기록은 학생들에게 관심을 가지고 관찰하려는 목적이 컸다. 그런데 뜻밖에 변하는 내 모습도 포착할 수 있어 놀랐다. 교실은 전과 확연하게 달라졌다.

첫째, 학생들과 좋은 관계를 만들 수 있었다. 이전에는 무섭다는 말을 가장 많이 들었다. 사실 아무 생각이 없는 표정이었다. 조금 딱딱한 말투에다 책상에만 앉아 있으니 변명할 여지는 없다. 학생들을 관찰하기 위해서 내가 의도적으로 다가가는 과정에서 학생들과의 관계 형성이 잘 되었다. 이와 관련한 예화로 출장 이야기를 해 볼까 한다.

담임: 자, 이제 수업 끝났고 선생님도 출장 가야 하니까 다 나가자.

5A: (계단으로 같이 내려가면서) 선생님, 선생님! 어디 가요?

담임: 선생님 출장 가는데? 왜 따라오려고?

5A, 5B: 집에 보내 주시면 안 돼요?

담임: (장난치며) 안 돼!

6C: 근데 왜 바로 차로 안 가고 교장실로 가요?

담임: 그래도 교장 선생님께 인사는 드리고 가야지.

학생들: (복도 중앙에 비치된 내 사진을 보고) 이거 선생님이다.

담임교사: 너희 방과 후 수업 들으러 가야 하는 거 아니냐?

학생들: (일제히) 수업은 2시 40분에 끝나고 방과 후 수업은 2시 50분이
　　　　라 괜찮아요.

담임교사: 그래, 늦지 않게 들어가.

　이전의 나에게는 이런 대화는 상상할 수 없었다. 계속 강아지처럼 쫓아오면서 말을 거는 것은 있을 수 없는 일이었다. 카리스마 있는 내 모습을 어려워했던 학생들이 이젠 달라졌다. 나도 로봇이 아니라 사람인지라 다소 외롭던 담임의 자리가 따뜻해져 좋았다.

　둘째, **학생들의 상황을 이해**하게 되었다. 이전에는 3월에 학생들을 보고 단편적 인상을 관찰하고 어떤 학생인지 곧바로 판단했다. 지금은 매일 학생들을 유심히 보고 가장 기억에 남는 것 중 1, 2가지를 기록하고 관찰에 집중하니 학생들이 왜 그런 말과 행동을 하는지 이해하게 되었다. **온전히 이해하려고 노력하니 소통이 더 쉬워졌다.**

담임: 이번에 상담 선생님이 오셔서 상담 진행한다니까 많이 신청해. 신
　　　청 안 하면 나랑 상담하는 거야.

5A: 선생님, 저는 선생님이랑 할래요.

6B: 저도 굳이 신청하고 싶지 않은데요.

6A: 저도요.

담임: (당황하며) 아니 남아서 상담해야 하는데 괜찮아?

5A: 네! 선생님이랑 상담하는 것이 더 나은데요?

담임: 왜?

5A: 그냥 선생님이랑 상담하기가 편할 거 같아요.

전에는 비슷한 상황에서 학생들은 상담교사를 선택했는데 올해는 달라졌다. 내가 학생들을 이해하고 다가가려는 노력은 나만 알고 있는 비밀 프로젝트인 줄 알았는데 그게 아니었다. 예상과 달리 학생들도 나의 노력을 어느 정도 느끼고 있는 듯했다.

셋째, 학부모 **상담이 더 이상 두렵지 않게** 되었다. 학기마다 진행되는 학부모 상담이 몹시 부담이었는데 올해는 달랐다. **상담을 진행할 때 학생의 성향을 자신 있게 얘기**했더니 학부모님들께서도 상담에 적극적으로 경청하고 편하게 말씀하셨다. 전에는 무슨 말을 해야 할지도 몰랐는데 말이다. 이외에도 학급 일지 쓰기의 효과가 크다.

꼼꼼한 관찰로 사고를 방지한다

최근 6C 학생이 병조퇴를 했다. 변두리에 있는 우리 학교는 시내버스도 드문드문 있는데 어떻게 하교하는지 궁금했다. 쉬는 시간에 아이들의 대화를 들었다.

6A: 6C야, 오늘 조퇴해?

6C: 응, 오늘 병원 가야 해.

6B: 아, 그럼 오늘도 아버지 오토바이 타고 가?

6C: 맞아. 오늘 아빠랑 같이 가.

이 대화를 듣고 나는 신경이 쓰였다. 아무리 둘러봐도 6C 학생의 헬멧이 없다. 물어보니 애초에 안전모 없이 뒷자리에 타고 다닌단다. 학교 길은 시골길에 화물차가 많이 다니고 길도 평탄치 않아 교통사고라도 난다면 정말 큰일이다. 그래서 지원할 수 있는 학교 안전 예산으로 안전모를 구매해 학생에게 제공하였다. 이 일을 계기로 계속해서 행동관찰을 하며 학급 일지를 기록해야겠다고 다짐했다. 늘 아이들에게 주의를 기울이고 생활과 안전까지 관찰하는 게 학습보다 먼저라는 걸 깨달았다.

우리 선생님이 달라졌어요!

학급 일지 기록은 사실 이전의 내 모습에 대한 반성의 기회이다. 짧은 기간이지만 난 이전과 많이 달라졌다. 히스테릭한 모습에서 활기찬 모습으로 변했다. 학생의 상황을 놓쳤던 과거에서 자세히 관찰하는 교사로 바뀌었다. 전에는 학생과 교사 사이에 보이지 않는 담이 있었다면 지금은 문을 열고 아이의 상황과 마음을 들여다보고 있다. 앞으로도 학급 일지 쓰기는 계속할 예정이다. 학생을 관찰하고 바로 이해하는 것이 교육의 시작이다. 소통은 학습에 우선되어야 한다. 원만한 학습을 위해서도 마음을 먼저 열어야 한다. 내 실수로 잃어버린 그 학생을 생각하면 학급 일지는 멈출 수 없다. 아동 학대를 당한 그 아이의 슬픈 눈망울이 지금도 선하다.

앞으로도 계속 아이들을 바라볼 예정

늘 굳은 표정인 내 얼굴에도 봄이 온듯 웃음꽃이 피었다. 쉬는 시간 학생들과 나는 매일 소통한다. 한번 맛있는 음식을 먹으면 다시는 그 맛을 잊을 수 없는 것처럼 나는 학급 일지를 쓰기 전으로 다시 돌아갈 수 없다.

앞으로도 늘 학생들을 관찰하고, 소통하는 일을 계속하려 한다. 이렇게 내가 먼저 다가가면서 나의 일상은 변했다. 긴 교직 생활 중에 만날 미래의 학생들과도 잘 지냈으면 좋겠다. 미숙했던 신규 교사에서 성숙한 교사의 길로 걸어가려고 마음먹고 실행한 이번 습관 만들기 프로젝트에서 배운 게 참 많다.

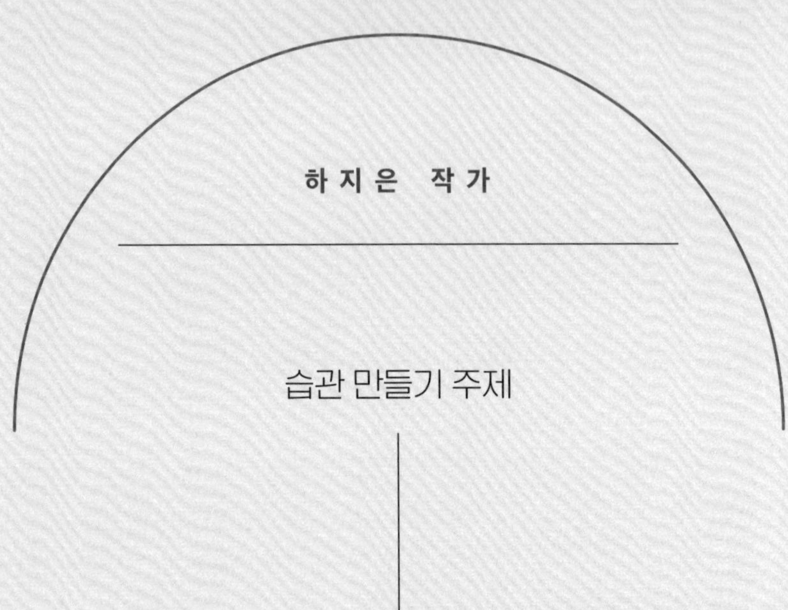

매일 30쪽 이상 읽고 기록하기

1. 나를 단단하게 만드는 독서 습관

2. 지속 가능한 독서 습관을 위하여

하지은 작가는

초등학교 교사로 근무했던 경험을 바탕으로, 현재는 임기제 교육연구사로서 초등학교에서 근무하며 늘봄학교 교육 프로그램을 기획·운영하고 있다.

아이들과의 소통을 중요하게 생각하며, 그들을 위한 다양한 교육적 접근을 모색하고 있다. 특히, 책을 통한 연대에 관심이 많아 대학원에서 아동문학을 연구하며 창의적이고 효과적인 교육 방법을 탐구하고 있다. 앞으로 어른과 아이가 함께 읽을 수 있는 동화를 써서, 많은 사람들이 삶을 더 건강하게 살아 낼 수 있도록 돕고 싶다.

1 | 나를 단단하게 만드는 독서 습관

2025년 1월부터 '매일 30쪽 이상 읽고 기록하기'를 나만의 작은 습관으로 삼았다. 출퇴근길이나 잠들기 전 틈새 시간을 활용하였고, 전자책을 적극적으로 이용했다.

독서 후 느낀 점과 인상 깊은 문장을 기록하면서 독서는 내 일상의 중심이 되었다. 세 달 동안 읽은 책이 어느새 30권을 넘겼고 독서 습관은 자연스레 자리 잡았다. 뿐만 아니라 시간 관리 능력과 자기 계발의 동력도 커졌다. 무엇보다 '꾸준히 해냈다'는 작지만 확실한 성취감이 내 삶을 한층 단단하게 만들어 주었다.

최근 몇 년, 나는 육아에 지쳐 연간 서너 권의 독서에 만족해야 했다. 그나마 읽은 책도 대부분 육아서다. 밤마다 몇 번씩 깨는 아기 덕분에 잠이 부족했고, 차분히 밥 먹을 시간조차 없었으니 당연한 일이다.

살기 위해 책을 들다

원체 의욕이 넘치는 나는 가정일, 육아일, 학교일 어느 것 하나 놓치지 않고 다 잘 해내고 싶어 열심히 살았다. 퇴근 후에는 집안일과 육아까지 하느라 몸이 지칠 대로 지쳤다. 아기를 재운 후에는 거의 기절하듯 쓰러졌다. 나를 위한 시간은 없었고, 복직한 지 두 달 만에 번아웃이 왔다. 더 이상 아무것도 하고 싶지 않았다. 헛헛하고 답답하고 어지러웠다. 급히 달려간 심리 상담은 당장의 위로는 되었지만 그 일들을 감당할 마음 근육을 회복시키지는 못했다.

그래서 찾은 '나를 살리는 방법'은 독서였다. 답답한 내 마음을 안아 주고 정신을 건강하게 단련하기 위해서는 그에 알맞은 양식을 제공해야 한다고 생각했다. 그렇게 독서는 내 지친 머리와 말라 버린 마음에 양식이 되어 주고 정신 근육을 탄탄하게 만들어 주었다.

책을 읽어야 할 이유

교사는 해마다 3월, 새로운 아이들을 만난다. 또 1년 동안 함께 일할 동료들도 맞이하는데 언제나 그렇듯이 서먹하고 어색하다. 이런 인간관계를 잘 풀어 가기 위해서 먼저 인간에 대한 이해가 필요하다. 그 사람을 이해하려고 그와 똑같은 경험을 할 수는 없지만 '간접경험'이라는 상상력의 공간을 이용할 수 있다. 책을 통해 간접적으로 타인의 신발을 신어 보면 조금 더 이해할 수 있다. 타인을 위해서가 아니라, 타인을 바라보는 내 마음이 평온해지길 바라는 마음으로 책을 찾아 읽기로 했다. 책에서 많은 위로와 통찰을 얻은 지금, 이 경험을 단기적인 위안으로 끝내지 않고 장기적인 습관으로 이어가고 싶다.

관리 가능한 목표를 세우다

행복한 독서 습관을 만들기 위해 10년 전, '1년에 100권 읽기'를 시도한 경험을 떠올렸다. 100권 독서라는 멋진 목표를 향해 희망차게 출발했으나 시행착오였다. 목표가 너무 컸고 아무 전략 없이 무작정 읽는 방식이었다. 그저 많이 읽는 것에 초점이 맞춰져 있어 의무감으로 책을 읽으니 재미가 없었다.

이번엔 지나치게 높은 목표 대신 '매일 30쪽 이상 읽고 블로그에 기록하기'라는 조금은 쉬워 보이는 목표를 잡았다. 실행하기에 큰 부담이 없었다.

"동기와 욕망을 유지하려면 관리 가능한 수준의 어려운 일을 지속하는 것이 중요하다." (『아주 작은 습관의 힘』, 제임스 클리어, 비즈니스북스, 2019)

관리 가능한 수준의 어려운 일이란 '조금 어렵기는 하지만 가능한' 정도다. 큰 목표를 세우고 진행하다 작심삼일로 끝내기보다는 관리 가능한 목표를 세우고 꾸준히 실행하는 게 더 바람직하다.

부담 없는 도전, 매일 30쪽 읽기

30쪽이라는 분량은 큰 부담 없이 수행할 수 있는 적절한 양이다. 일단 나날이 이어지는 성공적인 목표 수행이 나를 기분 좋게 했다. 독서에 그치지 않고 읽은 내용을 블로그에 기록하니 더 보람찼다. 단순히 독서만이 아니라 '기록'을 한 이유는 독서를 통해 나를 변화시키고 싶은 마음이 컸기 때문이다. 그저 읽기만 하기보다는 저자의 의도를 파악, 하고자 하는 말이 무엇인지 들여다보고 싶었다. 또 내 삶과 정신에 어떤 변화를 주는지, 나의 제한적인 사고방식은 어떻게 변할 것인지 기대되고 궁금했다. 세상과 인간에 대한 이해의 폭을 넓히고 싶고 좀 더 풍성한 내면의 가치를 갖도록 나에게 기회를 주고 싶었다. 니체는 책의 진정한 가치에 대해 다음과 같이 정의한다.

'책이 우리를 새로운 지평으로 이끌지 않는다면, 그 책이 과연 어떤 가치를 갖고 있는가? 책의 진정한 가치는 우리에게 새로운 생각을 자극하고, 지식을 확장하며, 기존의 생각에 도전하는 것에 있다. 책은 단순히 정보를 전달하는 것이 아니라, 세상을 보는 우리의 관점을 변화시켜야 한다.'(『왜 너는 편하게 살고자 하는가』, 프리드리히 니체, 떠오름, 2024)

틈새 시간을 모으니 30분

바쁜 하루하루 일정에 새롭게 뭔가를 하려고 시간을 찾아내기란 쉽지 않다. 그 바쁜 중에도 도전 첫 한 달 동안 10권 정도를 읽었는데, 그 비법은 자투리 시간을 잘 활용한 것이다. 하루 중 잠시 쉬어 가는 시간, 기다리는 시간 등 틈새 시간들을 활용하니 수월했다. 누구에게나 찾아보면 하루 30분 정도는 틈새 시간이 있다.

전에는 잠시 시간이 날 때마다 스마트폰으로 커뮤니티 글이나 뉴스 가십거리를 봤다. 행복 호르몬 도파민이 마구 분출되어 기분이 좋다. 그런데 보고 나면 찝찝하고 허무했다. 알 수 없는 죄책감에 사로잡혔다. 그래서 한 가지 아이디어를 냈다. 폰을 본다는 **기존 습관에 새로운 독서 습관을 쌓았다. 바로 스마트폰으로 전자책 읽기**다. 틈틈이 읽다 보면 충분히 하루 할당량을 읽을 수 있다,

예를 들면, 여행하는 중에 공항에서 체크인 줄을 설 때, 비행기 안에서 앉아 있을 때, 식당에서 식사 나오기를 기다릴 때, 이동하는 택시 안에서, 호텔에서 머리를 말릴 때에 틈틈이 전자책을 읽었다. 틈새 시간을 활용하

니 따로 시간을 내지 않아도 충분했다. 그동안 낭비한 수많은 시간이 아쉬울 정도였다.

세계적인 동기부여가 제임스 클리어는 다음과 같이 말했다. '새로운 습관을 세우는 가장 좋은 방법 중 하나는, 이미 매일 하고 있는 **현재의 습관이 무엇인지 파악한 다음 그 위에 새로운 행동을** 쌓아 올리는 것이다. 이것이 '습관 쌓기(habit stacking)'다. (『아주 작은 습관의 힘』, 제임스 클리어, 비즈니스북스, 2019)

이번 도전은 여행 중에도 지속되었는데 책 읽고 블로그에 독후기록을 쓴다는 것이 엄두가 나지 않았다. 여행 중 책을 읽은 적이 있지만 독후 기록까지 써 본 적은 처음이다. 이번만큼은 꼭 해내고 싶은 욕심에 비행기에서 책을 읽고 호텔에서 아기를 재우고 난 뒤 블로그를 썼다. 그동안 **못한 것이 아니라 안 했던 것**이라는 게 여실히 드러났다. 조금 피곤했지만 내면의 만족도는 아주 높았다.

엘리베이터 기다리며 한 페이지를 뚝딱

예전에는 전자책(e-book)이 거북했다. 왠지 글이 눈에 잘 안 들어오고 책을 개괄적으로 살펴보기에도 불편했다. 긴 글을 쓸 때 스마트폰보다 데스크톱 키보드로 쓰는 게 편한 것처럼 말이다.

독서는 질감을 느끼며 종이책으로 읽어야 좋다는 편견이 있었는데 이번 경험으로 그 생각이 완전히 바뀌었다. 전자책은 책의 무게와 부피를 감당할 필요가 없어 좋다. 스마트폰은 매일 들고 다니는 것이니 공간을 추가로 차지하지 않는다. 엘리베이터 기다리는 시간은 아주 잠깐이지만 지루하다. 그때 종이책을 꺼내는 사람은 없다. 그러나 스마트폰을 보는 사람은 많다. 폰을 두세 번만 터치하면 바로 켜진다. 놀랍게도 그 짧은 시간에 한 페이지 읽기가 가능하다.

두 권의 책을 번갈아 읽다

책을 읽다 지루해지면 그만 덮고 싶다. 그래서 늘 두 권의 책을 구비해 두고 한 권이 질리면 다른 책을 꺼내 읽었다. 시간이 많을 때는 목표한 30쪽에 제한하지 않고 재량껏 더 읽었다. 이렇게 매일 일정량 책을 읽는 습관은 나에게 심리적인 안정감을 주었다. 한 달이 지나자 어느새 10권의 책을 완독했다. 권수에 연연하지 않고 그저 하루 정해진 분량 이상 읽었을 뿐인데 말이다. 조급하지 않게, 즐기면서 읽는 기쁨이 얼마나 큰지 새삼 느꼈다.

책 읽기로 달라진 것

이번 도전을 통해 나의 생활에 여러 변화가 생겼다.

첫째, **시간 관리 습관이 크게 개선**되었다. 예전에는 스마트폰이나 TV 시청에 많은 시간을 보냈지만, 책 읽기를 습관화하면서 더 의미 있고 알찬 시간이 되었다.

둘째, **현실적인 목표 설정의 중요성**을 깨달았다. 10년 전에 도전했던 '1년 동안 책 100권 읽기'와 비교해 보면, 이번에는 하루라는 짧은 기간을 목표로 삼고, 목표 책 권수보다는 매일 읽는 쪽수를 정해 둔 것이 훨씬 더 구체적이고 실현 가능한 목표였다는 것을 알게 되었다.

셋째, 다양한 분야의 책을 읽으며 **새로운 관심사를 발견**했다. 초기에는 소설이나 에세이를 읽는 데 치중했지만, 점차 경제, 심리학, 철학 등 다양한 분야의 책을 읽는 것에 도전하면서 새로운 지식을 습득하게 되었다.

넷째, **도전 자체의 가치**를 깨달았다. 도전하는 과정에서 얻은 경험과 성장은 결코 사라지지 않는다. 일이 뜻대로 안 되었다면 그 원인을 생각해 보고, 거기서 배움을 얻는다면 실패가 아니다. 실패에 대한 원인 분석을 통해 다음에는 실패 없는 전략을 세울 수 있기 때문이다. 계속 도전하는 자세가 진정한 성장으로 이어진다는 점을 깨달았다.

10년 전 '1년 동안 책 100권 읽기'에 도전했을 때 결과는 63권 완독이었다. 목표에는 미치지 못했지만, 그 경험은 결코 실패가 아니었다. 오히려 63%의 성공을 거둔 값진 도전이었다. 그때의 다독 경험은 이후 10년이 지난 지금, 다시 독서 습관을 만들어가는 데 든든한 밑거름이 되었다. 중요한 것은 완벽한 성공이 아니라 도전 과정에서 얻은 성장과 변화다.

소중한 습관의 힘

이제는 혼자 책 읽고 기록하는 시간이 정말 소중해졌다. 매일 목표로 한 일을 해낸다는 것이 자존감을 한껏 높여 주었다. 하루가 허무하게 지나가지 않고 무언가를 해냈다는 성취감이 생기니 나 자신에 대한 만족감도 생겼다. 독서 습관을 만들며 또 하나 크게 변화한 점은 아기를 재우고 나서

밤에 혼자 **맥주 한 캔 홀짝이던 습관이 사라졌다**는 것이다. 건강에 좋지 않다는 걸 알면서도, 하루의 피로를 보상하듯 술을 마시는 일이 반복되곤 했다. 하지만 이제는 이전과 다르게 살고 싶었다. 목표한 분량의 책을 읽기 위해, 늘 마시던 맥주 대신 따뜻한 차를 마시기로 했다. 그렇게 습관을 바꾸자 다음 날 아침, 맑은 정신으로 하루를 시작할 수 있게 되었다. 지금의 나에게 참 고마운 변화다.

이렇게 독서 습관을 다시 시작한 지 몇 달이 지나면서, 나는 단순히 책을 읽는 것이 아니라 **삶의 균형을 찾아가는 과정**에 있다는 것을 깨달았다. 매일 책을 펼치는 작은 습관이 나의 정신을 단단하게 만들었고, 나를 위한 시간을 확보하는 것이 결코 사치가 아니라는 사실도 알게 되었다. 육아와 일, 그리고 나 자신을 위한 시간 사이에서 중심을 잡아 가는 일이 쉽지 않지만, 책을 통해 얻은 통찰과 마음의 여유가 나를 지탱해 주고 있다. 이제는 책을 통해 나 자신을 돌보고 성장하는 기쁨을 놓치고 싶지 않다.

2 | 지속 가능한 독서 습관을 위하여

독서 습관을 다시 만들면서 얻은 가장 큰 깨달음은 '작은 실천이 쌓여 큰 변화를 만든다.'는 점이다. 그럼에도 처음의 열정을 지속하는 것은 또 다른 도전이었다. 독서는 단기간에 성과를 내야 하는 일이 아니라 평생 이어 가야 할 습관이기 때문이다. 그렇다면 어떻게 하면 이 습관을 오랫동안 꾸준히 유지할 수 있을까?

전자책 활용하기

전자책의 장점을 살펴보면 다음과 같다.

① 경제적이고 접근성이 뛰어나다. ② 공간을 차지하지 않는다. ③ 메모 및 검색 기능을 활용할 수 있다. ④ 시간과 장소에 구애 받지 않고 독서를 할 수 있다. ⑤ 오디오북을 활용할 수 있다.

전자책에는 텍스트 음성 변환 기능이 있어 손을 쓰기 어려운 상황에서도 독서를 이어 갈 수 있다. 설거지를 할 때나 운전을 할 때는 시선이 책으로 갈 수 없기 때문에 나는 그럴 때 종종 오디오북으로 독서를 한다. '밀리의 서재'나 '예스 24 북클럽(크레마 클럽)' 등 책 구독서비스를 이용하면 한 달에 책 한 권 값으로 많은 책들을 읽을 수 있어 좋다.

그러나 전자책의 단점도 있다. 스마트폰이나 태블릿을 활용한 독서에 대해 다음과 같이 지적하기도 한다.

'범용 단말기는 항상 인터넷에 연결되어 있어 책을 읽을 때 '몰입'이 어렵다. 도중에 메신저 앱에서 알림이 울리면 대부분 독서를 중단하고 먼저 메시지를 보게 된다. 아무리 의지가 강한 사람이라도 주의가 산만해져 '메시지가 온 것 같은데 일단 확인하자'라고 생각한다. 결국 범용 단말기로 인터넷 등 외부와 연결되어 있으면 주의를 집중하기 어려워진다.' (『독서의 뇌과학』, 가와시마 류타, 현대지성, 2024)

스마트폰으로 전자책을 읽을 때 알람이나 메시지 알림이 독서의 흐름을 끊을 수 있기 때문에, 필요 없는 알람을 최대한 꺼 두거나 휴대전화 자체에 있는 '방해 금지 모드'를 활용하면 좋다.

틈새 시간을 활용하기

바쁜 일상 속에서 독서를 위한 시간을 따로 마련하기 어렵다면, 짧은 시간이라도 책을 읽어 보자. 출퇴근 시간, 대중교통을 이용할 때는 부피가 작은 전자책을 꺼내 보거나 운전할 때는 오디오북을 이용해 보는 것이다. 일상 속의 대기 시간을 활용하는 깃도 좋다. 엘리베이터를 기다릴 때, 마트 계산대에서 줄을 설 때, 냄비 물이 끓기를 기다릴 때 그 잠깐의 시간이 쌓여 한 권의 책을 완독하게 된다. 1분짜리 자투리 시간도 버리기 아깝다.

두 권을 함께 읽기

한 권의 책에 몰입하고 집중해서 끝까지 완독할 수 있다면 더할 나위 없이 좋지만 호흡이 긴 책은 중간에 지루해지기 마련이다. 그럴 때 독서를 포기하기 쉽다. 그런 이유로 늘 책을 한 번에 두 권 구비해 둔다. 책장이 잘 안 넘어가면 얼른 다른 책을 꺼내 읽는다.

나는 편독을 지양하기 위해 십진분류표(000 총류, 100 철학, 200 종교, 300 사회과학, 400 자연과학, 500 기술과학, 600 예술, 700 언어, 800 문학, 900 역사)를 보며 같은 분야에 속하지 않는 두 권을 책을 선정해 번갈아 읽는다. 특정 장르에만 집중하는 독서는 우리의 시야를 좁게 만들고, 세상에 대한 다양한 관점을 접할 기회를 놓치게 만든다. 한 권의 책이 조금 지루해질 때 다른 장르의 책으로 넘어가 독서의 흐름을 유지해 보자.

독서 모임에 가입하기

혼자서 꾸준한 독서가 어려우면 독서 모임에 참여하는 것도 좋다. 다양한 사람들과 책에 대한 생각을 나누면서 새로운 관점을 얻고, 장기적인 독서 습관을 유지할 수 있다. 모임에 참여할 시간이 없다면 요즘 유행하는 목표 달성 애플리케이션을 이용해도 좋다. 참가자들은 책 읽기, 운동하기, 영어 공부하기 등 같은 목표에 원하는 만큼 금액을 걸고 참가한다.

목표 달성률에 따라 돈을 획득할 수 있다.

　다행히도 나는 '글쓰기를 위한 책 읽기 모임'에서 매일 인증하며 책을 읽을 수 있었다. 25년 1월부터 3개월간 읽은 책이 30여 권 정도이다. 한 달에 평균 10권 정도를 읽은 셈이다. 함께 하는 힘의 결과다.

꼬리에 꼬리를 무는 책을 찾아

　책을 선정하는 방법으로 다음과 같은 제안도 있다.

　'한 권의 책을 다 읽고 이젠 뭘 읽어야 하나 고민할 때 '이 책이 왜 좋았지?' 한번 생각해 보는 것이다. 그러고는 '왜'를 좇아 보이지 않는 책의 연결성을 머릿속에 그려 본다. 저자의 사상이 마음에 들었다면 사상에 영향을 끼친 작가가 누구인지 찾아보고, 주제가 좋았다면 같은 주제의 다른 책을 검색해 보고, 인용구들이 특히 인상적이었다면 인용된 책을 읽어 본다. 거미줄처럼 촘촘한 독서의 그물에서 쉽게 헤어나지 못할 것이다.'
(『매일 읽겠습니다』, 황보름, 어떤책, 2021)

　좋아하는 가수가 앨범 신곡을 발표할 때면 찾아 듣는 것처럼 좋아하는 작가를 정해서 신작이 나올 때마다 읽어 보는 것도 좋다. 사람마다 좋아하는 문체가 있다. 유독 술술 읽히는 책이 있다면 그 작가의 다른 저서도 읽어 보자. 자신과 생각의 결이 비슷한 작가의 인터뷰도 찾아보다 보면 어느새 작가의 팬이 되어 있을지도 모른다.

생각을 기록으로 남기기

'독서는 타인의 사고를 반복함에 그칠 것이 아니라 생각거리를 얻는다는 데에 보다 참된 의의가 있다.' (『감옥으로부터의 사색』, 신영복, 돌베개, 2018)

책을 읽는 사이 생각을 정리하며 기록하면 내 생각이 어떻게 변하는지 살펴볼 수 있다. 생각을 비교하는 과정 자체가 독서의 또 다른 재미요, 즐거움이다. 독서 후 내 생각을 정리하는 방법은 간단하다. 책에서 본 명문장을 기록하거나 감명 깊은 글귀를 메모하면서 나의 생각과 느낌을 살짝 곁들인다. 이 과정이 힘들면 그저 간단한 메모 정도로 느낌을 적어도 좋다.

내면이 치유되는 그림책 읽기

그림책을 통해 인생이 바뀌었다는 어느 작가는 다음과 같이 말했다.

'그림책을 읽으며 내면이 치유되었다. 육아에 대한 자신감도 생겼다. 나와 아이를 믿는 흔들리지 않는 마음이 생겼고, 강의를 하고 책을 쓰게 되었다. 잃어버렸던 나라는 사람을 찾게 되었다. 앞으로도 계속 그림책을 통해 나를 돌아보며 더욱 세심하게 나를 돌봐 줄 것이다. 그리고 그림책으로부터 오는 힘으로 더 자유로운 세계를 꿈꿀 것이다.' (『하루 한 권 그림책의 기적』, 정주애, 이루리북스, 2025)

한때는 어른이 그림책을 읽는다는 것에 편견을 가졌던 내가 부끄러워졌다. 아동문학을 연구하면서 나도 주변에 그림책을 권한다. 그림책이야말로 바쁜 현대 사회를 살아가는 오늘의 어른들에게 짧지만 긴 여운을 남

거 준다. 두꺼운 책은 두 번 읽기 힘든데 40페이지 가량의 그림책은 금방 읽을 수 있고 여러 번 읽기에도 무리가 없다. 많은 어른들이 그림책으로 스스로를 위로하고 성장하면 좋겠다.

책 소개 영상 미리 보기

유튜브의 어떤 채널을 구독하고 있는지를 보면 그 사람의 취향을 알 수 있다고 한다. 책을 추천하거나 줄거리를 소개하는 유튜브 채널을 구독해 보자. 출판사에서 직접 운영하는 채널이나, 북튜버들이 개인의 경험과 함께 소개하는 책들을 시청하다 보면 자연스럽게 읽고 싶은 책이 나타난다.

책을 소개받는 것은 단순한 정보 전달을 넘어 그 책을 읽고 싶은 욕구를 자극한다. 영화를 소개하는 영상을 보면 자연스럽게 그 영화를 보고 싶어지듯, 책도 마찬가지다. 고전의 경우 책부터 읽으면 어렵다. 줄거리를 소개해 주는 영상을 먼저 보고 읽으면 도움이 된다.

AI를 활용하기

책을 읽다 궁금한 점이 생기거나 더 깊이 이해하고 싶은 부분이 있을 때 AI를 활용하면 마치 작가와 직접 대화하는 듯한 경험을 할 수 있다. 특히 챗GPT와 같은 생성형 인공지능은 작품의 맥락을 분석해 추가적인 해석을 제공하거나, 유사한 개념과 연결해 독자의 이해를 돕는 역할을 한다. 이처럼 AI를 활용하면 혼자 읽을 때보다 더 깊이 있는 독서가 가능해진다.

결론적으로 책을 읽는다는 것은 단순히 글자를 읽는 것이 아니라, 저자와의 대화를 통해 사고의 폭을 넓히는 과정이다. 독서는 우리의 생각을 확장하고, 더 나은 방향으로 성장하도록 돕는다. 중요한 것은 단기간의 열정이 아니라 평생 지속할 수 있는 독서 습관을 만드는 것이다. 위에서 제시한 방법들이 나와 독자들이 장기적인 독서 습관을 만드는 데 작으나마 도움이 되기를 바란다.

서 신 영 작 가

습관 만들기 주제

매일 감사일기 3줄 쓰기

1. 행복해지고 싶어

2. 감사일기를 쓰다

3. 감사일기가 준 선물

서신영 작가는

현재 6학급 소규모 학교에서 귀여운 아이들과 함께 교직 생활을 하고 있다. 평소에 어떻게 해야 행복할 수 있을지 끊임없이 공부하고 있으며, 행복한 교사가 되기 위해 자신을 디듬고 있디. 지칫 단죠롭고 무료할 수 있는 일상에서 감사함을 유지하기 위해 독서와 감사일기 3줄 쓰기를 습관화하고 있는 중이다.

1 | 행복해지고 싶어

나의 습관 만들기 주제는 하루 세 줄 감사일기 쓰기이다. 이를 실행하기 위해 매일 3줄 쓰기를 한 다음 카톡방에 인증했다. 그 결과 일상 속 사소한 부분에서 조금씩 행복을 찾으며 주어진 하루를 충실히 보내려 노력하게 되었다.

"나는 행복한가?"

이 물음에 바로 답하기 어렵다. 그도 그럴 것이 점점 일은 재미없어지고 반복되는 하루는 따분하다. 내 생활은 마치 기계처럼 정해진 시간에 일어나 정해진 시간에 출근하고, 넋이 반쯤 나간 채 학생들과 몸을 부대끼다 정해진 시간에 퇴근하면 방전된 배터리처럼 곧장 침대로 직행해 뻗어 버리기 일쑤였다.

최근에는 정말 생각지 못했던 내용의 민원까지 받으면서, 이 일과 또 나라는 존재에 대해서 의문까지 생겼다. 아주 작게나마 지키고 있었던 작은 불꽃마저 사라지는 기분이었다. 모든 초점이 온통 불행에 맞춰지니 의욕도 사라지고 삶에서 재미를 찾기가 힘들어졌다.

이런 내 모습에 먼저 생각의 변화를 주기로 했다. 먼저 불행의 반대를 찾아봤더니 불행의 반대는 행복이었다. 다음에 행복해지는 방법을 찾았더니 '감사 생활'이 필수라는 이야기가 눈에 들어왔다. 아, 감사함을 실천해 보자. 하지만 바로 감사함을 실천하려니 이미 안 좋은 일이 마음에 가득하여 지칠 대로 지친 상태였던 내가 바로 감사한 마음을 실천하기는 정말 어려웠다.

스스로 시작하다

마침 이주현 작가님이 진행하는 책 쓰기 모임에서 '감사일기 쓰기 습관 만들기'를 제안하여 내 주제로 삼고 매일 3가지 감사한 일 찾아 쓰기를 실천하면서 내 마음 상태의 변화를 관찰해 보기로 했다.

사실 감사일기 쓰기는 예전에 군 생활을 할 때 아주 잠깐 접했던 경험이 있다. 하루에 감사한 일 5가지를 100일 동안 쓰면 보상으로 포상휴가를 줬었는데, 소위 '꿀보직'이라 불리는 데 배치되었던 난 설령 달성을 하더라도 포상휴가를 받을 수 없었기에 며칠 동안 작성을 하다가 금세 포기했었다. 그때는 그저 달콤한 포상휴가를 위해서 작성했던 '무늬만' 감사일기였다면, 이번에는 정말 내 마음을 바꿔 보기 위해 '스스로' 시작한 감사일기라는 점에서 출발점이 다르다.

나에게 먼저 감사를!

나의 감사는 언제인지 돌아보니, 동료 선생님들께는 말끝마다 "감사합니다. 감사합니다."를 한다. 업무적으로 도움을 받거나 수업에 좋은 팁을 받게 될 경우는 물론이고 회의 등으로 함께 모인 자리가 파할 때에도 인사는 언제나 "감사합니다."였다. 언뜻 보면 감사가 입에 밴 사람이니 감사일기 쓰기는 '식은 죽 먹기'이겠다 여겼는데 감사할 일 찾아 적기는 호락 호락하지 않았다.

이제 나는 정말 행복해지고 싶어 먼저 나에게 감사하기를 시작했다. 퇴근 후, 집 현관문을 들어서면서 "오늘도 수고했어! 고마워!"라고 머리를 쓰다듬으면서 나에게 다정하게 대한다. 물론 "열심히 일한 나에게 감사합니다."라고 감사일기도 쓰고 있다.

나에게 감사를 하니 마음이 따뜻해지고 용기가 불끈 생긴다. 무슨 일이든 헤쳐 나갈 수 있을 것 같다. 아무 문제도 없는 것처럼 마음이 따스해진다.

모든 일에서 감사 거리를 찾다

'범사에 감사하라.'는 성경 말씀이 있다. 범사(凡事)란 모든 일에 감사하라는 이야기다. 그런데 모든 일은커녕 직장에서 일하는 시간에만, 그것도 내가 어떤 도움을 받았을 때만 감사하는 반쪽짜리 감사를 하고 있었다.

'좋은 일에 감사하고 나쁜 일에도 감사하는 습관을 만들기 위해 감사일기를 적극적으로 써 보자, 그러면 내 삶의 모든 영역에서 감사함을 찾고 시선이 긍정으로 바뀌면 나에게 다가오는 시련이나 고통은 훨씬 더 가벼워지지 않을까!'

이번 사건에서도 좋은 점을 찾아보아야겠다는 생각이 들었다. 불행한 사건에서도 그 속에 숨은 축복을 찾아보는 태도로 세상을 산다면 무적강자가 될 것 같다.

- 이 사건을 통해 나는 강철 같은 멘탈을 갖게 될 거야.

- 이 사건을 통해 나는 인간에 대해 좀 더 깊이 알게 되었어.

- 이 사건을 통해 나는 인내력이 강화되었어.

- 이 사건을 통해 나는 행복의 길을 찾아 감사일기를 쓰고 있어.

누구보다 먼저 나 자신에게 감사하다. 그동안 열심히 살아온 나에게 고 맙다. 힘들고 어려워도 잘 참아 낸 나에게도 감사하다.

"너무나 힘들지? 그래도 잘 참아 왔어, 정말 고마워!"

"참아 내느라 힘들지, 고마워!"

"건강한 몸이 있어 고마워!"

"이렇게 감사일기를 시작하다니 참 잘하고 있는 거야."

"하루 한두 가지라도 꾸준히 써 보려고 하는 나에게 정말 감사해."

가진 것 없어도 행복한 아이들

언젠가 아이들과 소소한 장난을 치며 농담을 주고받다가 유독 해맑게 웃고 있는 아이에게 물었다.

"행복하니?"

"네, 행복해요! 행복해서 좋아요!"

그 아이는 매우 확신에 찬 씩씩한 목소리로 대답했다. 아이들을 누구보 다 가까이서 관찰하는 직업이라 때때로 아이들의 순수한 마음에 놀랄 때 가 많다. '이 정도면 아이들이 조금 좋아하려나?'라는 생각으로 준비했던 수업이 기대보다 200%의 반응이 나올 때도 많다. 모든 활동에 언제나 진

심으로 참여하는 아이들은 정말 아무것도 아닌 작고 소소한 것에도 행복
하다.

왜 나는 아이들에 비해 행복하지 않을까? 어릴 때와 비교하면 지금이
가진 것도 많고, 경험도 많은데 왜 행복감은 점점 줄어드는 걸까? 어쩌면
우리는 가지고 있고 누리고 있는 것들을 너무나 '당연하게' 여기고 있는
건 아닐까?

사실 반복되는 일상에서 당연하게 생각하고 지나치는 것들이 많다. 더
많은 것을 가지고, 누리고 싶어 한다. 지금 가지고 있는 것에 집중하기보
다 다른 사람들이 가진 것, 내가 갖지 못한 것에 집중하다 불행해지는 것
이 아닌지 반성해 본다. 작은 일에도 화를 내고 사소한 것에도 부정적 의
미 부여를 하면서 스스로를 괴롭히는 건 아닌지.

마음의 방향이 긍정으로

'긍정적 사고 실험'이라고 해서 정말 많이 들어 봤던 이야기가 있다. 컵
에 물이 반만큼 담긴 걸 본 참가자들이 어떻게 말하는지에 따라 부정적
사고와 긍정적 사고 중 어떤 유형에 해당하는지 알아보는 실험이다. 긍정
적 사고를 가진 사람들은 이렇게 말한다.

"아직 물이 반 컵이나 남았네."

반면, 부정적 사고를 가진 사람들은 이렇게 말한다.

"물이 반밖에 남지 않았네."

많은 이들이 나중의 말을 한다는데 나도 거기 속해 있었다. 세상을 바라

보는 눈이 밝고 긍정적인 사람들은 세상을 부정적으로 보는 이들보다 훨씬 더 행복하다고 한다. 감사일기를 쓰면 마음의 방향이 긍정적으로 변한다니 정말이지 장기간 실천하여 나에게 행운과 행복을 가져다주는 소중한 습관으로 만들고 싶다.

2 | 감사일기를 쓰다

하루 몇 줄 감사일기를 계속하는 것이 정말 효과가 있을까?

심리학자 로버트 에몬스는 감사가 주는 효과를 알아보기 위해 한 가지 실험을 했다. 참여자들을 3그룹으로 나눈 뒤, 각기 과제를 주었다. 한 그룹에게는 감사했던 일 5가지를, 다른 한 그룹에게는 짜증나는 일 5가지를, 마지막 그룹에게는 인상 깊은 일 5가지를 쓰게 했다. 10주간의 실험 결과는 확연히 달랐다. 감사일기를 써 온 그룹은 다른 그룹보다 삶에 대한 태도가 긍정적이고 낙관적이며 행복지수가 높아졌다. 자존감도 높아져 자신이 얼마나 소중한 사람인지 느꼈고 과거에 힘든 일도 잘 버텨 냈다는 자부심을 갖게 되었다.

인증 글을 올리다

나 역시 행복해지고 싶다는 의지가 불타올라 일단 감사일기 쓰는 것을 바로 실천에 옮겼다. 행복을 느끼고 싶다는 바람에 실행 욕구가 마구 샘

숫았다. 평소라면 한번 써 볼까 고민만 했을 텐데 바로 행동에 옮겼다. 기왕 시작하는 일, 잠깐 불타올랐다가 금방 식어 버리는 이벤트성으로 끝내고 싶지 않았다. 그런데 감사함이 마음체계에 습관화되기 위해서는 최소 100일이라는 시간이 필요하다는 걸 알고 나서 살짝 부담이 됐다. 100일 동안 빠짐없이 진행하는 것이 쉽지 않을 것 같고, 과연 내가 100일을 잘 채울 수 있을까라는 걱정이 앞섰다.

아무래도 혼자서 감사일기 쓰기를 계속하려니 금방 그만둘 것 같았다. 그러던 중, 새로운 습관 만들기를 주제로 모임이 있다는 소식을 보았고, 큰 용기를 내어 참여하게 되었다. 사실 나는 매우 내향적인 성격이라 낯선 자리에 선뜻 참여하거나 나서는 것이 매우 어렵다. 하지만 이대로 아무것도 안 하고 있다가는 정말 아무것도 아니게 될 것 같아 눈 딱 감고 신청했다. 그리고 감사하게도, 모임에서 매일 내가 작성한 감사일기를 공유하며 꾸준히 감사함을 생활 속에서 찾아갈 수 있었다. 어딘가에 인증해야 한다는 압박감(?)이 감사일기를 계속 작성하는 동기부여가 되었다.

하루 3줄 쓰기 시작

막상 용기를 내 습관 만들기 모임에 참여해 감사일기를 쓰려니 처음에는 어떻게 써야 할지 감을 잡지 못했다. 군대에서 써 봤던 감사일기는 잊어버린 지 오래고, 평소 감사하는 연습을 해 보지 않았던 내가 바로 감사일기를 뚝딱 작성하는 것은 쉽지 않았다. 그래서 처음에는 인터넷에 감사일기를 검색, 가장 마음에 드는 양식을 골라 감사일기를 작성하기 시작했다. 그렇게 시작한 나의 감사일기는 다음과 같다.

1일차) 감사일기

- 새로운 마음가짐으로 새로운 모임에 참여하게 됨을 감사합니다. 꾸준
  히 성장하는 사람이 되겠습니다.
- 기존에 계획되어 있던 일정이 갑자기 취소되어 오후에 여유가 생겼던
  것을 감사합니다. 뜻밖의 여유를 즐길 줄 아는 사람이 되겠습니다.
- 감기가 다 나음을 감사합니다. 건강에 더 신경 쓰는 사람이 되겠습니다.

2일차) 감사일기

- 걱정했던 업무 중 하나가 무사히 마무리되어 감사합니다. 주어진 일
  에 끝까지 책임감을 가지고 최선을 다하는 사람이 되겠습니다.
- 회의로 인해 퇴근 시간이 초과되어 다음 일정에 늦을 뻔했지만, 다행
  히 늦지 않고 제시간에 도착할 수 있었음에 감사합니다. 시간에 쫓기
  고 급해도 항상 여유를 가지는 사람이 되겠습니다.
- 미루지 않고 운동을 다녀올 수 있었던 것에 감사합니다. 항상 꾸준히
  운동을 하는 사람이 되겠습니다.

3일차) 감사일기

- 원했던 소소한 일 하나가 성취됨을 감사합니다. 소소하지만 작은 일
  에도 감사하는 사람이 되겠습니다.
- 주변에 좋은 동료 선생님들께서 계심을 감사합니다. 저도 다른 동료
  선생님들께 좋은 사람이 되도록 노력하겠습니다.
- 여유로운 시간을 가질 수 있음에 감사합니다. 제게 주어진 여유를 잘
  활용하는 사람이 되겠습니다.

처음 감사일기는 '어떤 사람이 되겠습니다.'로 마무리를 하고 보니 '감사함'에 집중하기보다 다짐글로 인해 내가 꼭 그런 사람이 되어야 할 것 같아 부담스러웠다.

문장 끝은 감사합니다로

감사일기를 작성하는 방법을 배우려고 도서관을 방문하여 제목에 '감사일기'가 포함되어 있는 책을 일단 읽어 보았다. 독서는 생각보다 큰 도움이 되었다. 감사일기와 관련된 정말 좋은 책들이 많았고, 읽은 내용 중 내가 작성하는 감사일기 쓰기에서 바꿀 부분을 찾아 적용했다.

우선은 '어떤 사람이 되겠습니다.'로 마치던 문장을 '감사합니다.'로 바꾸었다. 온전히 감사에 집중하기 위해서는 있었던 일들에 대해 감사한 마음으로 문장을 마무리하는 것이 좋다고 한다. 이후로 이어진 감사일기들은 문장의 마지막에는 '감사합니다'로 마무리하니 온전히 감사함에 집중할 수 있었다.

7일차) 감사일기

- 통증으로 인해 중간에 깨는 일 없이 편하게 잘 자고 일어날 수 있었음에 **감사합니다.**
- 아직 씹는 것이 조금 불편하긴 해도 맛있는 음식을 잘 먹을 수 있음에 **감사합니다.**
- 도서관에서 감사일기와 관련된 책을 빌려 와서 읽기 시작할 수 있었습니다. 도서관이 가까운 곳에 있음에 **감사합니다.**

11일차) 감사일기

- 장거리 운전으로 안전하게 목적지까지 잘 도착했습니다. **감사합니다.**

- 나를 배려하고 신경 써 준 동생의 마음씨가 너무 **감사합니다.**

- 많은 생각들을 정리해 볼 수 있는 시간이 주어짐에 **감사합니다.**

14일차) 감사일기

- 날씨가 너무 좋았습니다. 맑은 하늘을 볼 수 있음에 **감사합니다.**

- 좋은 사람들과 함께 좋은 시간을 보낼 수 있었습니다. 좋은 사람들을 만날 수 있음에 **감사합니다.**

- 좋은 노래들을 들어서 **감사합니다.**

이렇게 일기를 쓰기 시작한 지 2주일 만에 예전에는 당연하게 생각되었던 것들도 감사한 일들이라는 것을 깨닫게 되었다. 큰 이벤트가 없어도, 소소한 일상 속에서도 얼마든지 감사한 일을 찾을 수 있다는 것을 배웠다. 사랑니 발치 후 회복기에 평소 당연하다고 생각했던 음식을 먹는 행위가 너무나 감사했다. 산책을 하면서 맑은 하늘을 볼 수 있는 것, 부모님과 시간을 보낼 수 있는 것, 많은 시간 운전을 해 왔지만 큰 사고가 없었던 것, 대중교통을 이용할 수 있는 것, 친구를 만날 수 있는 것 등 평범한 나의 일상 속에 이미 감사할 일들이 넘쳐나는 것을 발견했다.

만약 내가 감사일기를 쓰지 않았다면 이 모든 사실을 지금까지도 당연하게 생각하며 넘기고 있었을 것이다. 감사함에 집중한 7일차 이후부터 마음의 부담감도 점차 사라졌다. 더 나은 사람이 되기 위해 반성하고 **자책하는 대신에 이제는 감사함으로 하루를 마무리할 수 있**게 되었다.

감사의 선물을 헤아려 보다

감사할 것을 찾으며 나의 하루를 되돌아보니 평소 당연하게 여기던 것들도 새로운 시각으로 바라보게 되었다. 하루를 다시 돌아볼 때 무난하게 지나간 하루도 당연하지 않음을 깨달았다. 아무 사고 없이 지나간 것이 얼마나 다행인가! 살다 보면 당연히 크고 작은 실수를 한다. 그럼에도 주위 사람들의 배려와 따뜻한 이해와 섬세한 도움으로 무사히 하루가 넘어갔다.

'감사는 마음의 힘을 키운다.'는 윌리엄 아서 워드의 말처럼, 온전히 감사할 수 있게 되자 마음이 한결 편안하고 여유가 생기기 시작했다. **은연 중에 내게 도움이 된 주위 분들을 그냥 지나치지 않고 하나하나 감사함을 느낄 수 있어 정말 행복해지는 느낌**이다.

『해빙』의 작가 이서윤·홍주연은 이렇게 말한다. 해빙(Having), 이미 갖고 있는 것을 찾아 적기만 해도 자기 안의 부가 점점 늘어난다고! 감사도 마찬가지다. 이미 가진 것을 하나하나 찾아 적기만 해도 된다.

감사하는 마음이 우리를 얼마나 긍정적으로 만들고 평안한 마음의 환경을 만들어 주는지 모른다. 하루 3가지 감사한 일 찾아 적기, 그다지 어렵지 않은 5분짜리 명상이 인생을 확 바꾼다.

감사일기를 쓰면 행복해진다. 인생을 보다 긍정적으로 보는 시선이 장착된다. 두뇌에 새로운 감사의 신경회로가 형성된다. 감사일기를 쓰면 긍정적 시각과 마음의 평온, 행복해지는 마음을 그저 얻을 수 있다.

3 | 감사일기가 준 선물

인간은 늘 타인과 자신을 비교하면서 불행해진다. 다른 사람들이 가지고 있는 것과 가지지 못한 나에게 집중하면서 불행해진다. 이것을 거꾸로 바꿔서 말하면, 내가 지금 가지고 있는 것에 집중한다면 행복해질 수 있다는 뜻이다. 이렇게 가진 것에 감사할 줄 알아야 행복해진다는 생각으로 시작한 게 바로 '감사일기 쓰기'다. 감사일기 쓰기의 효과는 정말 많다.

실제로 두어 달 감사일기를 쓰면서, 표정도 더욱 좋아지고 주변 사람들에게도 밝은 목소리로 인사하게 되었다. 가끔 동료 교사 분이 "오늘 좋은 일 있어?"라고 물어봐 주시는 경우도 종종 생겼다. 그 물음에 이제 나는 이렇게 답할 수 있다.

"네! 좋은 일은 언제나, 지금도 있습니다."

감사하면 일이 잘 풀려

지인의 초등학교 때 선생님은 수업 마지막 여유 시간에 아이들에게 과제를 내주고는 교실 뒤편에서 뭔가 작은 소리로 혼잣말을 하셨다고 한다. 알고 보니 "감사합니다. 감사합니다."를 연신 기도하듯 말했다. 학기말 시험을 치르고 학급별 성적을 발표하면 10여 개 반 중에서 늘 이 반이 상위에 마크되는 실력을 발휘하여 아이들도 학부모님도 모두 놀랐다. 그분은 아이들 일기장에도 적을 게 없는 날은 '아버지 감사합니다. 어머니 감사합니다.'를 한 바닥씩 적으라고 했는데 감사의 효과를 체득하신 분이다.

한때 유행한 시크릿 책에도 이미 다 이루어진 것처럼 생각하라. 그리고 감사하라고 한다. 아직 현실에 이루어진 것이 아닌데 '다 이루어졌다. 참 감사하다.' 이렇게 말하면 실제로 그대로 된다고 한다. 사실 직장에서 불평을 늘 입에 달고 있는 사람이 좋겠는가, 감사를 입에 달고 있는 사람이 좋겠는가. 직장에서는 평소에 감사 표현을 많이 하는 사람과 일하는 게 마음이 편하다.

기분이 좋아지는 감사일기

막상 감사일기를 쓰려고 하면 뭔가 멋있고 큰일들에 대해서 감사해야 할 것 같은 생각이 든다. '이런 것도 감사하다고 써도 되나?' 싶은 내용도 있다. 근데 다음과 같은 당연한 사실들도 충분히 감사할 일이다.

- 두 다리가 건강해서 감사합니다.
- 부모님이 살아 계셔서 감사합니다.

생각보다 소소한 일상에 감사할 수 있다면 삶은 더욱 풍요로워진다. 아주 작은 일에 대해 감사하기 시작하면 우리의 일상은 달라지기 시작한다.

꽃이 피어도 감사하고, 날씨가 좋아도 감사하고, 비가 와도 감사하고, 바람이 불어도 감사하다. 비가 오면 모든 풀들과 나무와 곡식들과 산천초목이 다시 소생하니 좋다. 메마른 들과 산을 촉촉하게 적셔 농작물들이 잘 자랄 것을 생각하니 감사하다.

이렇게 감사일기를 쓰면 나의 하루가 달라지고, 덩달아 기분도 좋아진다. 칭찬을 많이 받고 자란 사람처럼 자신감이 생긴다. 뭐든 잘 될 것 같은 마음이 든다.

행복도 연습이다

세상을 잘 사는 지혜 중에 가장 첫째는 인사를 잘 하는 것이다. "안녕하세요!" 하고 인사를 하고 다가가면 서로 마음이 열리고 신뢰감을 준다. 또 아주 작은 것에도 감사합니다. 감사합니다. 하고 고개를 숙이는 사람을 싫어할 사람은 없다. 미안할 정도로 인사를 하고 감사하며 웃는 얼굴에는 누구나 호의를 갖게 마련이다.

행복도 연습이다. 감사하다고 자주 말하면 우리 뇌는 이제 감사할 거리를 현실에서 찾기 시작한다. "감사할 것만 찾는 거야!"라고 뇌에 명령을 내리자. 명령을 받은 뇌는 주변에서 행복한 것을 찾아내려 노력한다. 뇌는 고성능 컴퓨터와 같아서 그 명령어를 수행하기 시작한다. 그 결과 현실에서 감사할 일들이 자꾸자꾸 생긴다.

사실 살다 보면 항상 감사한 일만 겪지는 않는다. 나 역시 어떤 날에는 정말 '어떻게 세상이 나에게 이럴 수 있나.' 싶을 정도로 힘든 날도 많다.

그러나 그런 날일수록 억지로 감사한 일을 찾아야 한다.

"지금의 실패도 잘 되어 가는 과정이야."

"성공의 일부분이야."

"내게 얼마나 좋은 일이 일어나려고 이런 건지 너무 기대돼."

이런 식으로 생각을 밝게 하면 정말 세상이 밝아진다. 힘든 일 속에서도 감사할 걸 찾는 사람은 쉽게 부서지지 않는 강철 같은 사람이 된다.

불행은 당신을 바꾸라는 친절한 경고다

갑자기 큰돈이 들어오거나 승진하거나 합격하면 저절로 감사하다. 그런데 병에 걸리거나 시험에 낙방하거나 이별하거나 하면 슬퍼하고 부정적 감정에 휩싸인다. 안 좋은 일에는 화를 내고 비관한다. 그러나 따져 보면 부정이 부정만은 아니다.

예를 들어 병에 걸린 것은 이런 방식으로 살면 안 된다는 몸의 경고이다. 지나친 음주로 간이 상한다, 지나친 과식과 패스트푸드 음식 섭취는 비만 및 성인병이 된다, 운동 부족으로 근육이 감소되어 잘 넘어진다, 이 모두가 당신의 건강을 챙기라는 경고다. **병이란 생활 습관을 고치라는 주문이다.** 성인병에 걸린 것은 생활 습관을 고치라는 경고다. 원인을 찾고 그 반대로 살라는 친절한 안내다.

마찬가지로 삶의 시각이 매사에 부정적인가? 나에겐 안 좋은 일들만 일어나는 것 같다 생각하는가? 그 일은 당신의 삶의 시각을 고치라는 신호다.

감사는 우리의 인생을 폭넓게 관조하게 한다. 당시에는 죽을 듯이 괴롭고 아프지만 지나고 보면 그 일로 인하여 아주 크게 성숙했다는 걸 알게 된다. 고통을 통하여 한층 강인한 인격으로 성숙한다.

대부분 부정덩어리인 사람들 속에서 아주 약간이나마 긍정의 생각을 갖게 만드는 감사일기 쓰기 연습을 하다 보면 나의 세상은 점점 더 밝아진다. 더 행복해진다. 행복한 사람이 결국 이긴다. 나의 부정적 안경을 긍정적 시각으로 바꾸는 연습 중에 **가장 효과적인 습관이 감사일기 3줄 쓰기이다.**

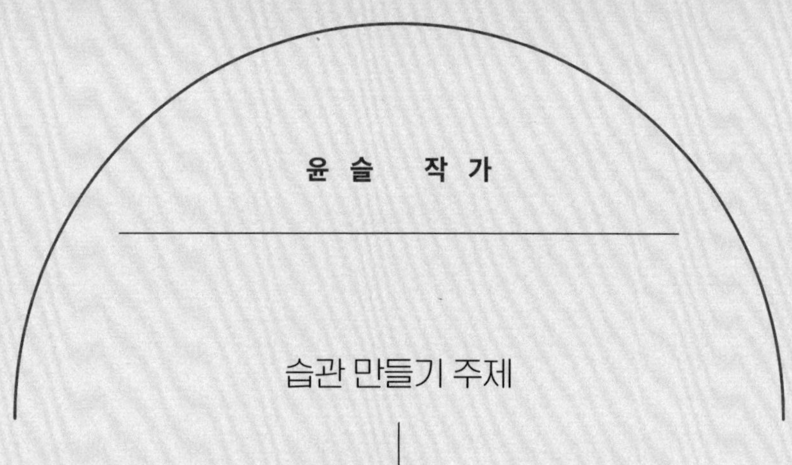

습관 만들기 주제

매일 만 보 걷기

1. 무슨 생각을 해, 그냥 하는 거지

2. 1일 1만 보의 힘

윤슬 작가는

주어진 삶에 감사하며 살고자 노력하는 7년 차 초등교사이다. 웃음이 넘치는 즐거운 교실에서 학생들과 함께 성장하고 있다. 게으르지만 성실한 사람이 되는 것이 목표이다.

1 | 무슨 생각을 해, 그냥 하는 거지

나의 습관 만들기 주제는 매일 만 보 걷기이다. 생활 걸음을 포함하여 만 보 걷기로 계획을 세웠고 이를 실행하기 위해 헬스장이나 공원에서 매일 한 시간 정도 걸었다. 그 결과 몸무게 감소, 휴식기 심박수 감소와 같은 신체적 변화와 긍정적인 마인드 탑재, 스트레스 조절 등의 정신적 변화가 있었다.

"운동을 좀 하셔야 될 것 같은데요. 일단 나가서 걸으세요."

2024년 12월 31일, 364일을 미룬 건강검진을 받으러 간 병원에서 의사 선생님께 들은 말이다. 나는 아무 운동도 하지 않고 사는 사람인데, 아직은 비교적 젊은 나이라 당뇨나 혈압에 큰 문제는 없지만 이대로 살다간 요즘 유행어인 급속노화가 찾아올까 두렵다.

문제는 운동을 안 하는 이유가 너무 단순하다. 그냥 귀찮아서다. 내 마음은 늘 '운동해야 하는데, 귀찮다.', '내일부터 하자.'의 무한 반복이었다. 비단 운동뿐만 아니라 삶의 태도가 이러하다. 하지만 30살이 되기 하루 전날 들은 의사 선생님의 말씀이 내내 마음에 남았고, 좀 더 건강해지고 싶어졌다.

결심을 방해하는 온갖 핑계들

걷기를 결심하자마자 머릿속에 온갖 생각들이 쏟아진다.

'신발은 뭐를 신어야 하지? 오래 걸으면 족저근막염 걸릴 수도 있다던데?'
'생활 걸음 합쳐서 만 보인가? 운동하는 걸음만 세야 하나?'
'운동복으로 옷 갈아입기 귀찮다.'
'걷기 운동해서는 살 안 빠진다던데, 하지 말까?'
이렇게 생각만 하다가 또 하루를 날려 버릴 뻔했다.

미국의 철강 재벌인 앤드루 카네기는, "기회를 만나지 못하는 사람은 없다. 단지, 그것을 기회로 바꾸지 못했을 뿐이다"라고 했다. 더 많은 생각이 나를 잠식시키기 전에 벌떡 일어나 잠옷 차림으로 롱패딩만 걸치고 슬리퍼를 신었다. 겨울이라 얼마나 다행인가? 롱패딩은 잠옷이라는 나의 게으름의 정체성을 숨기는 최강의 무기가 되었다.

허리를 숙여 운동화를 챙겨 신기도 귀찮아서 그냥 슬리퍼를 신고 한 시간을 걸었다. 처음이라 그런지 발이 너무 아팠다. 그래도 일단은 뭔가를 했다는 성취감은 좋았다. 다음 날은 푹신푹신한 슬리퍼를 신고 밖으로 나갔다. 중요한 건, 일단 했다는 것이다.

우리는 무엇인가를 시작할 때 너무 많은 생각을 하곤 한다.

공자도 "성공은 사전 준비에 좌우된다. 그런 준비가 없으면 실패가 따를 게 확실하다."라고 말했다. 물론 꼼꼼한 사전 준비는 필요하다. 걷기를 제대로 하려면 적합한 운동복을 입고 운동화를 신어야 한다. 하지만 많은 생각과 과한 준비는 때론 실행의 방해물이 된다. 운동복과 운동화를 착용할 때 귀찮음과 수많은 핑계들과 여러 부정적인 생각이 밀려들어 오기 때문이다. 롱패딩으로 잠옷을 가리며 슬리퍼를 신고 걸으면 어떤가? 일단 나가서 실행했다는 점이 중요한 것 아닐까? 나는 일단 나가서 **걸은 지 6일 만에 1kg이 빠졌다!**

전설적인 피겨 스케이팅 선수 김연아에게 물었다.

"무슨 생각하면서 하세요?"

우리는 대단한 사람일수록 대단한 생각을 하며 행동할 것이라 생각하지 않는가? 하지만 그녀는 대답은 의외였다.

"무슨 생각을 해, 그냥 하는 거지."

얼마나 많은 시간을 고민만 하다 흘려보냈을까? 이제는 고민보다 실행이다. 신발을 고를 필요도, 운동 계획을 세울 필요도 없다. 그냥 나가라. 그냥 해라.

사람은 누구나 매일 두 발로 걸으며 살아간다. 이렇게 일상적인 행위인 걷기는 가장 접근하기 쉬운 운동이다. 그렇다면 의식적으로 매일 만 보 걷기를 실천했을 때 어떤 효과가 있을까? 국민건강보험공단에 따르면, 걷기는 심폐 기능을 높이고 혈액순환을 촉진하여 심혈관 질환을 예방하며, 당뇨·고혈압·고지혈증 등의 예방과 치료에도 효과적이라고 한다. 또한 골다공증을 막고 스트레스와 우울증을 개선하는 등 우리 몸과 정신에 긍정적인 영향을 미친다. 여기서는 내가 지난 2개월 직접 체험한 걷기의 효과를 공유해 본다.

3.4kg 체중 감량하다

걷기만으로 살이 빠질까? 반신반의하며 시작했지만, 2025년 1월부터 **50일 동안 꾸준히 실천한 결과 3.4kg을 감량**했다. 걷기 시작 전 내 체중은 76.1kg, 50일 후 72.7kg이 되었다. 아래 표에 보다시피 24년 12월 건강 검진 결과에는 신체 활동량이 부족하다. 일주일에 2회 이상 신체 각 부위를 모두 포함하여 근력운동을 하라고 생활 습관 관리를 요청했다.

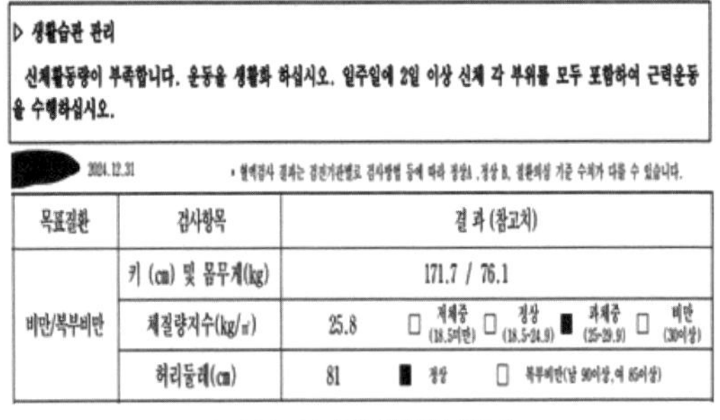

24.12.31. 건강검진 결과

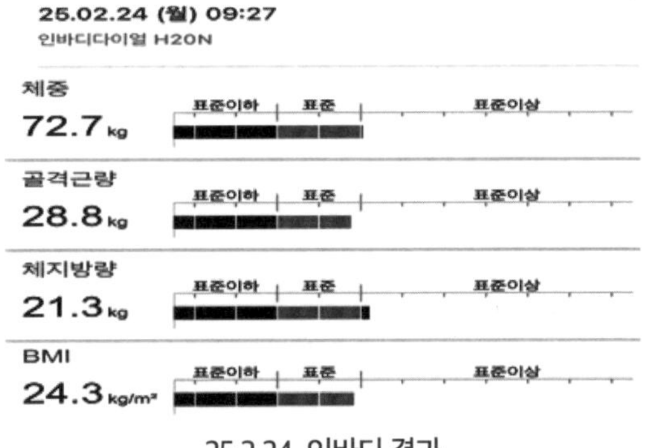

25.2.24. 인바디 결과

보폭을 넓혀 걸어라

어떤 사람들은 걷기만으로는 체중 감량 효과가 크지 않다고 말하지만 걷는 방식에 변화를 주면 좋은 결과를 볼 수 있다.

KBS의 '생로병사' 프로그램에서는 보통 걷기와 보폭을 10cm 정도 넓혀 걷는 두 가지 방법을 비교하여 에너지 소비량을 측정했다. (KBS생로병사의비밀제작팀,『걷기만 해도 병이 낫는다』, 비타북스, 31쪽)

실험 결과, 보통 걷기보다 **보폭을 넓게 해서 걷는 것이 에너지 소비량이 더 많았다.** 실제로 보폭을 넓혀 걸어 보면 몸에 힘이 더 들어가고, 걷는 속도도 자연스럽게 빨라져 운동 효과가 높아짐을 알 수 있다. 또한, 팔을 크게 흔들면서 걸으면 보통 걸음보다 5-10% 이상 칼로리 소모량이 많아진다고 한다. (체육과학연구원, 2000) 따라서 걷기의 효과를 높이기 위해 보폭을 넓히고 팔을 적극적으로 활용하는 것이 좋다.

심혈관 건강이 개선되다

나는 개인적으로 심박수에 신경 써서 걸었다. 지방을 에너지원으로 많이 동원하여 효과적으로 연소시키는 운동 강도는 최대심박수의 60~70%라고 한다. 서울삼성병원에서 제시한 연령별 운동 강도에 따른 목표 심박수 범위[1]에 따르면, 30세 기준 중강도 운동의 목표 심박수는 120~142/1분이다. 이를 참고하여 이 범위를 유지하며 걷도록 노력했다.

걷기와 같은 유산소 운동을 할 때, 전신에 산소를 공급하기 위해 폐 운동이 점차 빨라지는데, 산소는 혈액과 함께 심장 운동을 통해 전신으로 퍼지고, 강도를 높여 걸을수록 심장 박동수가 점차 빨라진다. 이 과정이 반복되면 심폐 기능이 향상된다. (KBS생로병사의비밀제작팀,『걷기만 해

---

1) 서울삼성병원, http://www.samsunghospital.com/dept/blogBoard/blogView.do?DP_CODE=SCC&brd_seq=27463

도 병이 낫는다』, 비타북스, 51쪽) 이외 꾸준한 걷기를 통해 심혈관 건강이 개선된다는 연구 결과도 많이 있다.

　나는 매일의 걸음 수를 아이폰의 건강 앱을 통해 확인한다. (이 앱은 걸음 수뿐만 아니라 걸음 안정성, 생리, 청각 등의 다양한 건강 정보를 제공하며, 애플 워치를 연동하면 운동 정보와 심박수도 측정할 수 있다.) 앱에 쌓인 심박수 데이터를 활용해 휴식기 심박수 변화를 추적했다.

　휴식기 심박수에 관하여 아이폰 건강 어플은 이렇게 말한다.

**　'휴식기 심박수는 사용자가 휴식을 취하면서 몇 분간 활동이 적은 상태를 유지할 때 측정되는 평균 분당 심박수입니다. 보통 휴식기 심박수가 낮을수록 심장 및 심혈관 건강이 좋다는 의미입니다. 꾸준한 활동적인 생활 체중 조절 스트레스 감소 등을 통해 휴식기 심박수를 낮출 수 있습니다. 휴식 시 심박수 측정에 수면 중 심박수는 포함되지 않으며 만 18세 이상의 사용자를 대상으로 그 유효성이 확인되었습니다.'**

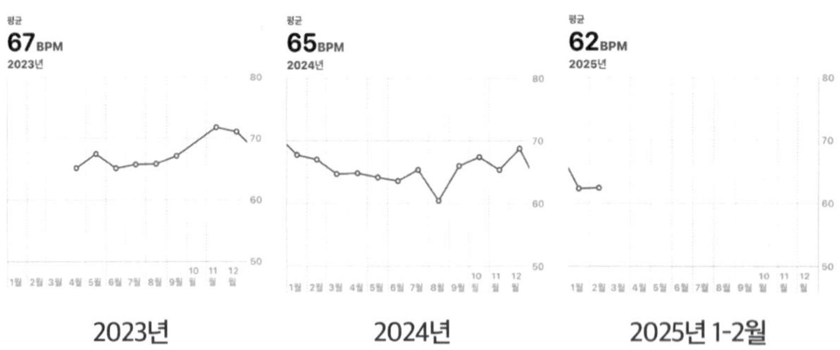

| 2023년 | 2024년 | 2025년 1-2월 |

전문 의학 기기를 이용해 측정한 것은 아니지만, 2년간의 데이터에서 점진적인 휴식기 **심박수가 감소했다.** 나의 휴식기 심박수는 **2023년 67, 2024년 65, 2025년 62로 계속 수치가 낮아지고** 있다. 이를 통해서 만 보 걷기가 심혈관 건강에 긍정적인 영향을 미쳤음을 알 수 있다.

긍정적인 마인드로 바뀌다

신체적인 변화뿐만 아니라 여러 정신적인 측면의 변화가 있었다. 내가 경험한 **가장 중요한 변화는 긍정적인 마인드셋**을 갖게 된 것이다. 부지런한 사람들에게는 매일 걷는 것이 쉬워 보일지 모르지만, 나처럼 게으른 사람에게는 매일 시간을 내어 걷는 것은 어려운 일이다. 그러나 하루하루 꾸준히 실천하다 보니 '나도 할 수 있다'는 생각이 들기 시작했다.

만 보 걷기를 시작한 지 한 달이 되던 날. 미뤄 왔던 피부과를 방문하게 되었다. 의사 선생님께서는 건강을 위해 세 가지를 실천하라고 하셨다.

첫째, 매일 유산소 운동하기 둘째, 수면 시간 8시간 지키기 셋째, 건강한 식습관 유지하기

과거의 나는 이런 조언을 들을 때 '약이나 처방해 주지⋯. 어차피 나는 실천 못 하는데'라고 생각하며 한 귀로 듣고 한 귀로 흘렸다. 한 달간 매일 만 보 걷기를 실천하면서 내 안에 끈기의 힘이 있다는 것을 알게 된 나는 '매일 유산소 운동은 하고 있으니까 이제 2가지만 더 하면 되네? 한번 해봐야지.'라고 생각했다. **걷기를 통해 내 삶의 전반적인 태도와 마인드가 긍정적으로 변화**한 것이다.

지속 가능성을 발견하다

'사람은 고쳐 쓸 수 없다.'는 말을 들어 본 적 있는가? 사람의 타고난 성향은 쉽게 변하지 않는다는 의미이다. 나는 게으른 성정을 지닌 사람이라 만 보 걷기를 실행하지 못한 날도 있었다. 예전의 나였다면 '아, 망했다. 내가 그렇지 뭐. 실패했네.'라고 생각하며 곧바로 포기했을 것이다. 이제는 만 보 걷기가 습관으로 지속되니 작은 실패에 바로 절망하지 않았다.

'절망만 하지 않으면 반드시 성취된다.'고 말한 중국 혁명의 지도자 쑨원의 말이 내게도 적용되는 날이 온 것이다. 칠전팔기의 정신까지는 아니어도 일전이기 정도는 되지 않을까? 일전이기가 반복되다 보면 이전삼기, 삼전사기로 점차 발전될 것이다. 나는 이제 나도 할 수 있다는 자신감이 생겼다. 자신감이란 내적 보물을 얻어 뿌듯하고 행복하다.

스트레스 감소의 효과

질병관리청(2024)에 따르면, 평소 걷기를 실천하는 사람들은 그렇지 않은 사람들보다 우울함을 경험하는 비율이 낮다고 한다. 또한, 걷기운동이 스트레스 감소에 효과적이라고 하는 연구도 있다. (이시경, 2019)

나도 스트레스가 쌓일 때마다 걷기 위해 밖으로 나갔다. 시원한 공기를 느끼고 주변 풍경을 바라보며, 발걸음에 집중하다 보면 머릿속이 정리되고 새로운 시각에서 문제를 바라볼 수 있게 된다. 걷는다고 해서 현실적인 문제가 즉시 해결되는 것은 아니지만, 감정이 가라앉고 여유가 생긴다. 원효대사의 해골물 일화처럼 모든 것은 마음가짐에 달려 있다. **걷기**

는 내 마음을 다스리는 좋은 도구였고, 스트레스를 조절하는 가장 간단하면서도 효과적인 방법이었다.

　나의 개인적인 체험이므로 모든 사람에게 동일한 효과가 나타난다고 단정할 수는 없지만 만 보 걷기를 매일 실천한 결과, 나는 긍정적인 마인드를 갖게 되었고, 체중 감량과 심혈관 건강 개선 등의 변화를 경험했다. 여전히 게으른 성향이 남아 있고, 아직 정상 체중까지 5kg을 더 감량해야 하며, 건강한 식습관도 필요하지만 현재의 내 모습에 만족한다.

　프랑스의 소설가 앙드레 지드는 '평범한 일을 매일 평범하게 실행할 수 있는 것이 곧 비범한 것이다'라고 말했다. (강규남, 박혜연,『명언 속에 담긴 긍정의 한줄』, 도서출판 이음, 51쪽) 나는 평범한 하루를 바꾸는 작은 실천이 결국 나를 변화시킨다는 것을 깨달았다. 당신도 한 걸음부터 시작해 보면 어떨까? 오늘, 지금 이 순간부터.

이 예 림 작 가

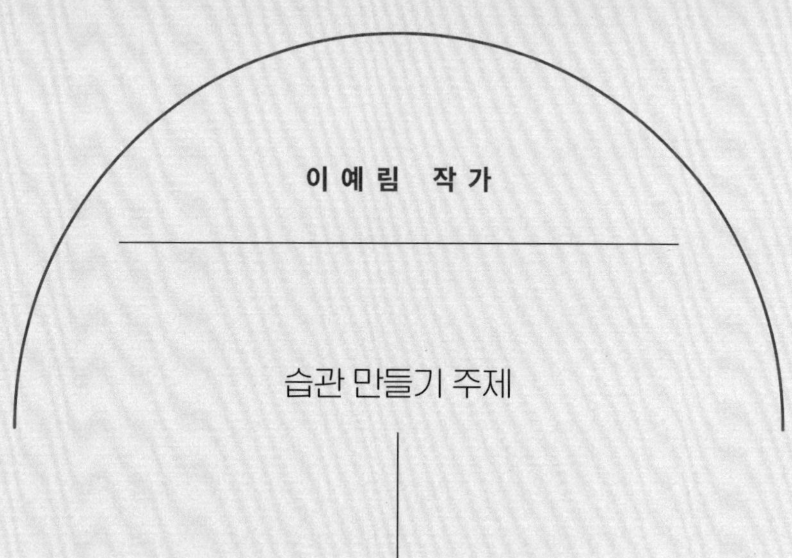

습관 만들기 주제

매일 지인과 통화하기

1. 내가 마음을 열고 다가가면

2. 인간관계를 잘 하는 법

이예림 작가는

늘 색다른 도전을 통해 사고의 확장을 멈추지 않으며, 다양한 꿈을 품고 일하는 3년 차 초등교사다. 임용 후 여러 도전을 하던 중 좋은 기회로 교사 커뮤니티의 책 쓰기 동아리에 지원, '함께 사는 삶'의 가치를 깨닫고 실천하는 중이다. 뭔가 허전한 삶을 한층 밝고 건강한 쪽으로 이끈 것은 바로 '관계'였다. 바쁜 여행일정에도 멈추지 않고 약 2딜간 진행했딘 '소통을 통한 관계 증진'에 대해 긍정적인 해답을 찾아냈다.

1 │ 내가 마음을 열고 다가가면

나의 습관 만들기 주제는 '하루에 한 번 주변인에게 전화하여 따뜻한 인간관계 만들기'다. 이를 실행하기 위해 매일 전화나 카톡으로 지인들과 통화를 했다. 그 결과 심리적 공감과 따뜻한 교류의 기쁨을 맛보고 있다.

"어떤 삶이 성공한 삶인가?"

이 질문에 명확한 답을 내리는 사람을 본 적이 없다.

나는 25세 나이에 초등교사 임용고시에 합격했으니 남들이 보기엔 괜찮은 삶이라 할 수 있다. 그런데 임용 이후, 목표의 부재 속에 답답했다. 아무래도 난 '목표 추구형' 인간인가 보다.

내 고민의 첫 번째는 재수 후 교육대학교에 입학했을 때, 두 번째는 임용고시 합격 후 교사가 됐을 때이다. 원하던 직업을 갖게 되었고, 더 이상 되고 싶은 것도, 원하는 것도 없었다. 이제 새로운 목표의 부재 속에서, 나에게 주어진 앞으로의 시간들을 어떻게 사용해야 하는지 고민이었다. 어렸을 때부터 '공부 열심히 해서 성공한 삶을 살아야지'라는 말을 듣고 자랐다. 그러나 '성공한 삶'을 정의 내릴 수 있는 사람이 어디에 있겠는가. 그 때문에 다양한 도전을 하고 있는 중이다.

대학교에 입학한 이후부터 남들이 보기에 평탄한 삶을 살아왔다. 그러나 '진정 내가 하고 싶은 것이 선생님일까?' 고민이 참 많았다. 이것은 지금도 진행형이다. 이러한 삶의 미진함을 채우기 위해서 많은 것을 해 봤다. 인생의 목표를 찾으려고 좋아하는 취미에 몰두하기, 여러 모임에 참석해 다양한 사람들 만나보기, 미래를 대비해 이모티콘 학원 다니기 등 짧은 단기 목표를 세워 누구보다 열심히 살았다. 그럼에도 그 어느 것에도 만족하지 못했다. 나의 사고방식 내에서 할 수 있는 도전은 다 하였고, 아이디어 소진으로 막막할 때 우연히 교사 커뮤니티에 접속했다가 신박한 도전 과제를 접하게 되었다. '전과 다르게 살기' 책 쓰기 프로젝트였다.

열심히 살지만 문득 외롭다

'하루에 한 번 이상 주변 사람들에게 전화로 안부 묻기' 도전 과제를 전과 다르게 살기 주제로 삼고 실행하기로 했다. 사실 직장 동료가 아닌 지인들과 친밀한 관계를 유지하며 교류하는 것이 쉽지 않다. 평소에는 그럴 시간도 없고 그럴 필요도 못 느낀다. 그런데 생활하다 보면 지치고 힘들 때가 많다. 끊임없이 일이 밀려오니 정신없이 뛰다가 어느 순간 에너지가 고갈된다. 이렇게 좀 지쳤을 때마다 지친 나를 따스하게 위로해 주는 사람이 간절해지는데, 주위를 둘러보면 터놓고 내 심정을 말할 사람이 없다. 막상 생각나는 사람에게 갑자기 연락해서 고민을 털어놓기는 좀 많이 멋쩍다. 너무나 오랫동안 소원했기 때문이다. 그럴 때마다 아프지만 혼자 참고 견뎌 냈다. 이런 상황은 아쉬움과 결핍을 느끼게 했다.

한 통의 전화로 따뜻한 인간관계 만들기

'하루에 한 번 이상 주변 사람들에게 전화로 안부 묻기'라는 이 도전 과제를 통해서 바쁘다고 무시했던 '따뜻한 인간관계 만들기'라는 매우 신선한 목표에 다가갔다. 그랬더니 늘 목표 중심으로 일 중심으로 살아오느라 인간관계에 소홀했던 시행착오 대신에 먼저 다가감으로 내 마음이 열리는 변화가 일어났고, 세상을 바라보는 관점의 변화가 이루어졌다. 목표 중심의 인생에서 사람 중심으로 또 다른 면으로 성장하였다. 나 스스로 내가 원하는 것이 무엇인지 모르고 작은 감옥에 갇힌 듯 답답할 때, 그리고 혼자만의 생각의 늪에 빠질 때 지인들과의 통화는 새로운 창이 열린 듯 환기가 되었고 내 생각을 수정하고 되돌아보는 계기가 되기도 했다.

도전 첫날이 생각난다. 주변 선생님들께 선물할 일이 생겨 백화점에 갔는데, 도저히 혼자서는 결정하기 힘들었다. 오늘부터 시작하기로 한 도전 과제가 문득 생각나 대학 동기에게 전화로 도움을 요청했다. 그동안 카톡도 몇 번 안 하고, 몇 달 만에 갑작스런 전화였는데 바로 받아서 반가운 목소리로 나를 맞아 주었다. 가족들이랑 같이 있었는데도, 다른 방으로 가서 내 전화를 20분 넘게 받아 주었다. 쿠키 세트와 빵 세트 중 고민 중이었던 나에게, 아주 합리적인 이유를 제시하며 빵 세트를 추천하였고, 결과적으로 정말 성공적인 선물이 되어 기뻤다. 어떠한 일상의 문제에 직면해서 도저히 결정을 못 할 때, 나의 사소한 문제라도 사람들과 소통하며 해결해야겠다는 마음이 되었다. 혼자 끙끙대기보다는 주위 **지인들과 소통하는 게 함께라는 따스함과 문제 해결에도 큰 도움이 된다**는 걸 알았다.

<h2 style="text-align:center">당연하지만 고마워</h2>

한번은 얼굴 본 지 3년이 넘은 중학교 동창에게 연락을 했다. 메신저로는 소통을 해 왔지만, 마지막 통화가 언제인지 생각이 안 날 정도로 평소에 전화를 안 하던 친구인데, 신호음이 걸리자마자 전화를 받았다. 내가 이를 계속 고맙다고 말하니까, "그건 당연한 거 아니야?"라고 말해 주었는데 나에겐 꽤 충격이었다. 그 일로 중학교 동창들과의 톡방도 활성화되어서 예전과 같은 좋은 관계를 이어 가게 되어 좋다. 내가 먼저 마음을 열고 다가가 용기를 내어 전화하니 중학교 시절로 돌아간 것 같은 감정이었다. 약속을 잡아 오랜만에 반가운 얼굴들을 볼 수 있게 되었다. 그 반가움이란!

<h2 style="text-align:center">마음이 환하게 밝아져</h2>

성공이라는 단어와 가깝게 다가가게 해 주는 것 중 하나가 사람들과의 소통이라는 것을 이번에 알게 되었다. 이제는 친구들의 전화도 바로바로 받고, 내가 먼저 다가가 메신저로 연락도 하는 사람으로 변했다. 스쳐 가는 인연들을 의미 있는 인연으로 만들기 위한 노력은 인생에 큰 도움이 된다. 직접 얼굴 보는 것도 아니고 비대면으로 전화하고 문자하는 것이 무슨 큰 도움이 되겠느냐는 하겠지만 **심리적 공감을 주고받는 기회가 되니 마음속 환경이 밝아지는 경험**을 할 수 있다. 직장인들은 주기적으로 누군가를 만나기가 쉽지 않다. 바쁜 가운데 의도적으로 소통의 시간을 갖는 것이 무의미한 것만은 아니다.

비대면으로 하는 소통의 효과라면, 먼저 나를 공감해 주고 용기를 북돋

아 주기도 하고 나의 고민에 대한 해결의 단서를 얻을 수도 있다. 뿐만 아니라 나를 지지해 주는 인적 자원이 되어 주니 의도적인 소통은 생각보다 우리네 삶에 훨씬 중요하다.

입시 학원을 다니면서 친하게 지냈던 언니를 19살에 만나고, 23살에 한번 만나고, 그 이후로 본 적이 없지만 SNS로 자주 소통하며 27살인 지금도 친밀한 관계를 이어 가고 있다. 이 언니가 곧 결혼을 하는데, 꼭 참석해서 축하해 줄 예정이다. 이렇게 관계를 이어 갈 수 있었던 이유는 얼굴을 자주 봐서가 아니다. 그 언니가 소통에 능한 사람이었기 때문이다. 나에게 생일마다 선물을 챙겨 주고 안부도 항상 먼저 물어봐 주며 관계가 끊어지지 않게 자주 소통했기 때문이다. **연락은 빈도수가 중요하다.** 얼굴을 마주하는 만남이 다가 아니다. 그런 식으로 만나자며 미루다가는 소중한 인연을 만들기 어렵다. 짧은 연락이라도 자주 했으니까 시간이 오래 되어도 만나고 싶어진다. 소통하면 **따스한 관심을 주고받는 교류의 기쁨과 더 넓은 세상이 열리는 시야**를 얻을 수 없다. 오랫동안 연락을 안 하다 갑자기 필요에 의해서 연락을 하기는 무언가 멋쩍고 망설여지기 때문이다.

정서적 지원이 먼저

소통하는 삶이 성공한 삶이다. 나 홀로 우뚝 솟아나기 위해 주변을 무시하고 질주하는 것도 멋진 청춘이겠지만 주변을 돌아보고 관심을 갖고 연결하는 네트워크 속에서 우리는 잃어버린 공동체의 안전함과 친밀한 사랑을 느낄 수 있다. 소위 정서적 안정감이다. 일반적인 성공을 위해서도 정서적 지원이 정말로 소중하다.

사랑을 느끼는 감각이 있느냐 없느냐는 한 사람으로서 성장하게 해 준다. 충분히 괜찮은 조건 속에서도 뭔가 결핍을 느끼며 만족하지 못했던 내가 이제 **만족하고 배부른 느낌을 즐기고** 있다. 그동안 나만을 바라보다가 주위에 눈을 돌리니 전과 다르게 마음이 풍성해지는 걸 느낀다. 전과 다르게 살아가는 나에게 참 잘하고 있다고 박수를 쳐 주고 싶다. 나는 인생을 다시 배워 가고 있는 중이다.

인간의 행복은 어디서 오는가. 점심시간에 학교 도서관에 가서 책 구경을 하다가, 『행복의 기원(서은국 저)』라는 책이 눈에 들어왔다. 이 책에서는 인간의 목적이 행복이 아니라, 인간의 목적은 오로지 생존인데, 생존(목숨을 스스로 끊지 않고 살아가기)을 위해서 행복이라는 쾌락이 필요한 것이라고 한다. 그리고 행복이라는 쾌락은 사람과의 관계로부터 오는 것이라고 한다.

생각해 보면, 승진의 기쁨은 승진 자체가 아니라 승진이 가져다주는 사람들의 축하와 인정 때문이다. 지구에 혼자만 있다면, 축하해 주는 사람 없이 책상 위 화분과 단 둘이 갖는 승진파티는 기쁘긴커녕 눈물이 날 것이다. 물론 승진한 당시에는 혼자서 기쁠 수 있다고 치자, 그러나 인간은 그렇게 길게 기쁨을 느끼진 못한다. 또, 그렇게 큰 쾌락을 가져다주는 승진과 같은 일은 인생에서 자주 일어나지 않는다. 반복되는 일상에서 작은 쾌락을 느낄 수 있어야 행복하게 살 수 있다. 이 작은 기쁨들은 좋은 인간관계에서 온다고 한다.

나는 열심히 해서 돈을 많이 벌면, 성공하면 혼자서도 세상을 잘 살아가고 행복할 것이라고 생각했다. 하지만 이 순간은 인생의 아주 짧은 점에 불과하다. 그 순간을 위해 일상의 작은 기쁨을 포기하고 달리면 생존에 지장이 올 수 있다.

이 책에서 말하는 관계는, 상사와의 대화 등 이것저것 신경 쓸 게 많은 관계가 아니라 정말 **편안한 사람들과의 관계 속의 소통**이 쾌락임을 말하고 있다. 편안한 관계는 쉽게 만들어지는 것이 아니다.

사람이 친구를 사귀는 데는 분명한 과정이 하나 있는데, 매번 몇 시간에 걸쳐 **이야기를 하고 이야기를 들어 주는 것**이다. (레베카 웨스트, 영국 작가)

이 명언처럼, 사람과 돈독한 관계를 맺게 되는 것은 많은 시간이 필요하다. 초, 중, 고등학교 때 친구들이 평생친구라는 말을 하는 이유는 아무래도 그 친구들과 가장 많은 시간을 보냈기 때문이다. 물론 대학에서나, 사회생활 중에 만난 친구도 노력하면 그런 친구가 될 수 있다. 직장인들에게 내가 추천하는 방법은 **비대면 소통을 적극적으로 하라는 것**이다. 직장생활 중에는 지인들의 얼굴을 자주 보기 어렵다. 왜냐하면 일주일의 5일 정도는 출근하고 주말에는 쉬거나 가족, 연인과 시간을 보내는 경우가 많으니까 말이다.

스몰토크로 소통에 익숙해지다

나는 도전 과제 이후에도, 매일 전화하진 않더라도 카톡 등 sns를 통해서 지인들과 안부를 가볍게 자주 묻게 되었다. 혼자 책을 읽다가 도저히 이해가 안 되는 부분이 있으면 친구들이 있는 톡방에 공유해 궁금증을 명쾌히 해결하며, 내 어려움을 알렸을 때 해결해 주는 이가 곁에 있다는 따뜻함을 느꼈다.

이 방법은, 정말 절친한 친구 말고도 다른 지인들과의 관계에도 큰 도움이 되었다. 이제 소통하는 것에 익숙해져서 연락하지 않던 지인들에게 먼저 가벼운 안부를 묻기도 했다. 이 습관이 이어져 보다 자주 스치듯 안부를 물었고, 이야기를 나누다 보니 서로 도움 되는 정보가 공유되어 긍정적인 관계를 형성하게 되었다. 다음 여행에서 시간이 맞으면 동행을 하자는 약속도 하였다. 사람은 모두가 외로운 존재라 내가 마음을 열고 다가가는 노력을 하면, 그것을 거절할 사람은 없다. 외국에서 자주 볼 수 있는 스몰토크와 같다. 짧은 안부 전하기 같은 **스몰토크는 인간관계에 큰 도움이 된다**는 걸 느꼈다.

사람은 나이가 들수록 다른 이들의 이야기를 듣기보다는 자신의 이야기를 하는 것을 좋아한다고 한다. 나이 들수록 내가 아는 지식이나 경험을 자랑하고 싶은 욕구가 있기 때문이다. 그러나 소중한 친구를 잃고 싶지 않다면 명심해야 할 플라톤의 6가지 조언이 있다.

첫째, 다른 사람의 **단점을 말하지 말라.** 나도 완벽한 사람이 아니다. 부정적인 얘기를 하다 보면, 끝이 없다. 내 앞의 친구는 다른 사람에 대해서 알고 싶은 것이 아니라, 당신과의 시간을 보내고 싶어 하는 것이다. 남의 얘기로 시간을 보내지 말자.

둘째, 자기 자신을 지나치게 **자랑하지 말라.** 현대인들은 이미 스마트폰 속 세상을 통해 자기 자신과 타인의 비교에 지쳐 있다. 당신 앞에 있는 사람과 관계를 유지하고 싶다면 자신을 너무 많이 드러내지 않는 것이 좋다. 그렇지 않는다면, 그 사람은 당신과의 만남에 지쳐 여러 가지 이유를 만들어 당신을 만나지 않을 것이다.

셋째, 내 개인적인 생활을 **너무 많이 말하지 말라.** 나는 아무 생각 없이 한 말인데 상대방에겐 부러움의 대상이 될 수 있다. 사람 관계는 박탈감, 질투심 등의 비교의 감정으로 멀어지는 경우가 많다.

넷째, 나의 **약점을 다른 이들에게 말하지 말라.** 내 입에서 나오는 말들은 더 이상 비밀이 아니다. 비밀이라는 것은 정말 나만 알고 있을 때만 비밀이다. 이건 세상의 법칙이라고 생각한다. 법칙도 모르면서, 꽤 괜찮은 친구와 멀어지지 말고, 사람들에게 알려졌을 때 나에게 치명적인 것이라면, 죽을 때까지 당신만 알고 있어라.

다섯째, 다른 이들에게 내가 가진 **돈에 대해 말하지 말라.** 비교는 인간의 본능이다. 비교하면 박탈감, 질투심이 생긴다. 내 앞의 사람과 멀어지고 싶다면 맘껏 자랑해도 된다.

여섯째, 내가 세운 목표와 **계획을 구체적으로 말하지 말라.** 자랑은 금물!

스몰토크로 행복해지다

　'전과 다르게 살기' 과정에서 나는 '매일 지인과 소통하기'라는 과제를 실행했는데 짧은 시간 전화로 소통을 하고 sns로 안부를 주고받으며 정서적인 교류를 할 수 있어서 마음이 따뜻해지고 행복했다. 흔히 바빠서 시간이 없어서 핑계를 대지만 사실 시간을 쪼개 매일 약속을 잡아야만 인간관계를 유지할 수 있는 것이 아니다. 스마트폰에 익숙해진 세상인 만큼, 비대면 소통도 원만한 관계 형성에 큰 영향을 끼친다. 더불어, 약속을 잡아 만났을 때에는 플라톤의 조언 6가지를 명심하며 자기 자신을 적당히 드러내고, 다른 사람의 단점을 얘기하며 시간을 보내기보다는 내 앞의 사람에 집중하며 '우리'에 대한 이야기를 나누어야 한다. **관심과 사랑을 받기 위해서는 내가 먼저 다가가** 손을 내밀어야 하지 않을까.

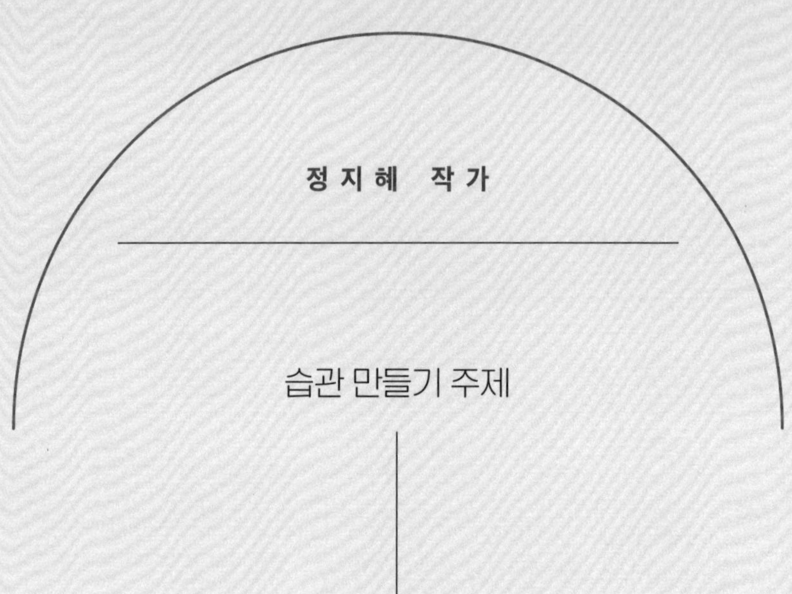

정 지 혜 작 가

습관 만들기 주제

매일 아침 독서하기

1. 아침 독서의 행복

2. 책 속에서 나를 만나다

3. 책을 읽으면 인생역전이 가능할까?

정지혜 작가는

초등교사이자 초등 두 아이의 엄마이다.

쓰는 일과 사는 일은 같다고 믿으며 틈틈이 글을 쓴다.

출근길 아메리카노와 늦은 밤 먹는 라면과 맥주, 계절 냄새를 좋아한다. 행복을 유예하지 않기로 다짐하고 매일의 행복을 줍는다. 공저로는 『우리, 자라고 있어요』 『피어나는 꽃처럼 활짝 웃을 너에게』가 있다.

브런치 스토리:https://brunch.co.kr/@rainbowfish

1 | 아침 독서의 행복

나의 습관 만들기 주제는 '매일 아침 책 읽고 블로그에 글쓰기'다. 매일 아침 시간을 이용해 독서와 블로그에 글을 쓰고 모임 카톡방에 인증하였다. 두 달이 넘는 기간 동안 평일은 물론 주말에도 매일 인증한 결과, 책을 음미하며 읽게 되었으며 매일 반복하는 습관의 힘을 길렀다. 또한 아침마다 뇌를 깨우는 독서로 상쾌한 하루를 시작할 수 있게 되었다.

어느 날, 수업 자료 창고인 초등교사 사이트, 인디 스쿨을 둘러보다 '글쓰기를 위한 책 읽기 모임' 모집 글을 보았다. 평소 책 읽기와 글쓰기에 관심이 많던 나는 바로 신청했다. 독서의 중요성은 진작 알고 있었지만 초등 자녀 둘을 키우는 워킹맘이라는 핑계로 책을 멀리 했다. 유튜브나 SNS에 빠져 내 소중한 뇌를 팝콘 브레인화 되게 내버려 둘 수 없었다.

아주 조금만 바꾸면 인생이 완전히 달라진다고?

『아주 작은 습관의 힘』 책에는 이런 말이 나온다.

'일상의 습관들이 아주 조금만 바뀌어도 우리의 인생은 전혀 다른 곳으로 나아갈 수 있다.'(『아주 작은 습관의 힘』, 제임스 클리어, 비즈니스북스, 2019)

아주 조금만 바뀌어도 완전히 달라진다지만 당연히 걱정이 되었다.

과연 잘 해낼 수 있을까, 게으름을 이기고 매일 반복할 수 있을까?' 책을

읽고 기록하는 작은 습관이 내 일상을 변화시킬 수 있을까?'

어쨌든 시작했으니 이 과정을 통해 생활 전반에 미치는 영향을 실험해 보고 싶었다. 매일 실천하는 긍정적 습관을 만들어보고 싶었다.

아침 시간 책 읽기의 상쾌한 행복

처음에는 추천 책을 정해진 분량만큼 읽고 카톡방에 인증했다. 매일 30쪽이라는 정해진 분량을 읽고 인상적인 부분이나 감상까지 적어 올렸다. 처음엔 '이 정도쯤이야' 했는데 귀찮음이라는 복병이 나타나곤 했다. 그래서 시간을 일정하게 정했다. 출근해서 아이들이 등교하기 전, 가장 조용한 아침 시간에 미션을 수행하기로 정했다. 또 출근하는 지하철을 타고 가는 30분 동안 읽었다.

아침에 책을 읽으면 뇌가 기지개를 켜고 상쾌해지는 기분이 들었다. 전에는 잠에서 깨어나지 못한 채 꾸벅꾸벅 졸든지 SNS에 접속해서 의미 없는 피드를 확인하곤 했다.

분명 전과 같은 시간인데 일상이 다른 색으로 채워지는 느낌이다. 시간에는 두 종류가 있다. 그냥 지나가는 의미 없는 물리적 시간인 '크로노스 시간'과 무언가에 집중하거나 의미 있게 보내는 '카이로스 시간'이다. 일상적인 아침이 '카이로스 시간'으로 풍요롭게 변했다.

출근하여 교실 컴퓨터를 켜자마자 한글 파일을 열고 지하철에서 읽은 책 내용을 다시 훑어보면서 인상적인 부분과 그와 관련한 내 생각 및 느낌을 적고, 모임 카톡방에 인증했다. 전송 버튼을 누르고 나면 하루의 할 일 중 많은 부분을 해낸 것처럼 성취감이 가득 올라왔다. 그리고 왠지 오늘 하루도 무탈하게 잘 보낼 수 있을 것 같은 자신감마저 솟아났다. 상쾌함, 기분 좋음, 후련함!

두뇌에 생각거리를 주는 정독

일찍 출근하면 잠시 내일 읽을 책 부분을 미리 읽어 보곤 했다. 사실 이전에 내가 책을 읽던 방식은 통독에 가까웠다. 소설이나 시 등 주로 문학 작품을 읽었기에 후루룩 줄거리를 파악하고 바로 다른 책으로 넘어가곤 했다.

하지만 지금 읽는 방식은 정독이다. 고기도 씹어야 맛이듯, 책의 문장도 읽고 또 읽으면 의미가 더 깊게 다가온다. 인용하고 싶거나 마음에 와닿는 구절은 인덱스 태그를 붙인다. 서평을 쓰거나 원고를 작성할 때 가치 있는 자료로 집필에 큰 도움이 된다. 천천히 생각하고 메모하며 읽으니 깊이 있는 독서가 되었다.

천천히 씹어 먹는 독서의 맛

모임에서 처음 읽은 책은 『12가지 인생의 법칙』이었는데 일부러 하루에 한 가지 법칙만 읽었다. 정독하며 깊이 생각해 보기 위해서였다. 차를 천천히 한 모금씩 마시고 음미해 보듯이.

두 번째 책은 『소크라테스 익스프레스』다. 이 책 역시 1장부터 14장을 하루에 한 챕터씩만 읽고 기록했다. 세 번째는 『소피의 세계』인데 두 챕터씩 묶어서 기록했다. 그동안 단거리 경주처럼 읽었다면 곱씹어 보고 생각하고 정리하는 시간을 가지면서 독서의 맛을 느낄 수 있다. 이렇게 적은 분량으로 쪼개서 읽고 써 보니 내용이 더 깊이 스며들었다.

흔히 글을 잘 쓰려면 많이 읽고 많이 생각하라고 한다. 생각하려면 조급하게 읽으면 안 된다. 생각할 거리를 두뇌에 넣어 주기 위해서는 많은 페이지를 읽기보다 조금씩 천천히 읽는 게 좋다. 나와 다른 의견이나 새로 알게 된 지식도 두뇌에게는 새롭다. 새로운 신경망 회로를 깔수록 두뇌는 예리해진다.

전과 다른 색깔의 아침 시간

매일 아침 일정한 루틴으로 하루를 시작하는 것은 상당한 안정감을 주었다. 시간과 장소를 정하자 실천은 더욱 명료해졌다. 물론 방학이 되면 늦잠을 잔다. 하지만 이번 방학은 달랐다. 나에겐 매일 아침의 루틴이 자리 잡고 있었다. 늦잠을 자더라도 하루의 시작은 책 읽고 글쓰기로 시작한다. 멍한 상태로 휴대폰과 TV로 시작하는 하루와는 분명히 질적으로 달라졌다.

인간은 사회적 존재이기에 소속감과 타인의 평가에 반응한다. 『아주 작은 습관의 힘』에서도 '더 나은 습관을 세우는 가장 효율적인 방법 중 하나는 자신이 원하는 행동이 일반화된 집단에 들어가는 것'이라고 말한다. (제임스 클리어, 『아주 작은 습관의 힘』, 비즈니스북스, 2019)

나는 '책 읽고 글을 쓰는' 행동이 일반화된 모임에 소속되었다. 하루라도 인증하지 않으면 숙제를 안 한 아이처럼 불안했다. 책을 통해 무언가를 얻고 싶었다. 문학에 치우쳐 있던 편독 습관도 고칠 겸 '철학' 서적을 선택해서 읽었다.

　본격적으로 이 모임을 통해 책을 읽고 블로그에 글을 기록한 날은 2025년 1월 2일이다. 무려 새해 첫날의 다음 날이다. 매일 적은 분량으로 쪼개서 읽고, 써 보니 책의 내용이 내 몸에 더 깊이 스며드는 것 같았다.

　1월 2일, 새해의 기운을 잔뜩 받아 계획을 실행한 첫 번째 날이다. 『12가지 인생의 법칙』이라는 책 중 「제1법칙 : 어깨를 펴고 똑바로 서라」 부분을 읽고 기록했다. 첫 단추를 꿰는 것은 언제나 설레고 벅찬 일이다.

　1월 16일, 『소크라테스 익스프레스』라는 책을 읽기 시작했다. 「1장. 마르쿠스 아우렐리우스처럼 침대에서 나오는 법」을 읽고 감상을 기록했다. 습관 만들기를 시작할 때의 각오와는 달리 살짝 귀찮기도 하지만 끝내고 나면 숙제를 끝낸 듯 후련하다.

　2월 1일, 『소피의 세계』 1부를 읽고 블로그에 기록했다. 방학 아침 일어나서 가장 먼저 의식하지 않고 하는 일을 만드는 것의 중요성을 깨닫는다. 자연스럽게 책상에 앉아 책장을 넘긴 후 노트북을 켜고 기록한다. 이렇게 매일 루틴을 반복하면서 뇌의 효율성 추구를 활용하고 있었다.

　2월 14일, 장 자크 루소의 계몽주의에 대해 읽고 생각한 것을 적어보았다. 몇 주간 아침 루틴을 반복하면서 마치 눈을 뜨면 침대에서 일어나듯이 자연스러운 흐름으로 책 읽고 글쓰기를 실천하고 있는 나 자신을 발견한다.

'습관을 바꾸려면 최소 21일은 계속해야 한다.'고 미국의 의사 존 맥스웰이 그의 저서『성공의 법칙』에서 주장했다. 습관을 바꾸는 데 중요한 것은 시스템이다.『아주 작은 습관의 힘』에서도 시스템의 중요성을 언급한다.

'시스템은 일종의 루틴이며 특별히 고민하고 생각하지 않으면서, 즉 뇌를 많이 사용하지 않고서도 이루어지는 일련의 행동 패턴이다.' (제임스 클리어,『아주 작은 습관의 힘』, 비즈니스북스, 2019)

딱 21일만 하려던 것이 벌써 석 달이 넘었다. 이제는 뇌를 사용하고 애써서 하는 게 아닌 저절로 몸이 움직이는 자동화 단계까지 왔다. 100일이면 뭐든 이루어진다는데 100일도 넘어가고 있다.

결론적으로 나의 목표인 습관 만들기는 성공했다. 하루 30페이지를 매일 읽는 것은 쉬워 보이지만 혼자서는 엄두도 못 낼 일이다. 특히 새 학기 업무와 적응으로 정신없는 3월에는 더욱 그렇다. 그럼에도 매일 단체 카톡방에 인증해야 한다는 의무감과 강제성 덕분에 꾸준히 실행하였다. 주로 아침에 책 읽고 블로그에 글을 쓰고 인증글을 올렸는데 이 루틴이 끝나면 뿌듯함과 성취감이 가득 올라와서 기분이 매우 좋아졌다. 하루의 일이 잘 풀릴 것 같은 기대감도 생겼다. 지하철에서 읽고 학교에서 인증글 쓰기라는 루틴이 이제는 자동적으로, 거의 무의식적으로 진행되고 있다. 정착된 이 습관이 생각지도 못한 밝은 미래로 인도해 줄 것으로 기대한다.

이번 독서 습관 만들기 과정에서는 단순히 책을 읽고 기록하는 습관을 넘어서 어떤 삶을 살고 싶은지, 어떻게 사는 것이 더 나은 삶인지 끊임없이 고민하고 성찰하는 시간을 갖게 되었다. 마치 고대 철학자들과 동시대에 철학적 대화를 나누는 착각에 빠지기도 했다. 평상시 내 생각은 오늘 저녁 메뉴는 무엇으로 할지, 주말엔 아이들과 어떻게 시간을 보낼지, 장바구니에 담아 둔 옷을 살지 말지와 같은 일상적이고 실용적인 목적이 담긴 생각뿐이었다.

나의 세계관을 바꾼 철학서

책은 사람을 변화시킬 수 있을까? 그렇다고 생각한다. 책은 한 사람의 세계관을 파괴하기도 하고 새롭게 만들기도 한다. 다음은 『소크라테스 익스프레스』를 읽으면서 기록한 나의 생각들이다.

이 책의 저자 에릭 와이너는 이렇게 썼다.

'나처럼 마르쿠스도 아침형 인간이 되기를 열망했다. 하지만 진짜 아침형 인간과 아침형 인간이 되기를 열망하는 사람 사이에는 큰 차이가 있다. 여기 이렇게 누워 기차가 부드럽게 흔들리는 것을 느끼며 따뜻한 암트랙의 담요를 덮고 있자니, 그 격차는 절대 넘어설 수 없는 것처럼 느껴진다. 그게 뭐가 그리 어려운가 생각할 수 있다. 먼저 한 발을 바닥에 딛고 다른 한 발을 내딛는다. 몸을 수직으로 일으킨다. 하지만 나는 수직으로 일어서는 데 실패한다. 대각선도 불가능하다. 나는 도대체 왜 이럴까? 도와줘요, 마르쿠스. (『소크라테스 익스프레스』, 에릭 와이너, 어크로스, 2021)

늦잠꾸러기 마르쿠스와 나

매일 아침 침대에서 빠져나오는 일이 가장 어려운 일 중의 하나인 나로서는 한동안 유행했던 미라클 모닝을 실천하는 사람들이 대단하다 여겼다. 그냥 '모닝'도 너무나 버겁기 때문이다. 로마 황제였던 마르쿠스 아우렐리우스도 늦잠을 즐기고 침대에서 빠져나오는 일이 난제였다니 신기하기도 하고 반가운 마음이 든다.

'일어나느냐 마느냐? 따뜻하게 몸을 누인 이불 속에서 상반된 이 두 가지 충동이 부딪친다. 침대 안은 따뜻하고 안전하다. 어머니의 자궁처럼 아늑하다. 철학자 아리스토텔레스는 '중요한 것은 좋은 삶을 사는 것'이라고 했다. 침대 밖은 춥다. 밖에는 나쁜 일들이 벌어진다. 전쟁. 역병. 이지리스닝 음악. 27p' (『소크라테스 익스프레스』, 에릭 와이너, 어크로스, 2021)

황제가 철학을 하는 이유

로마의 황제가 뭐가 부족해 철학을 했을까? 자기 삶에서 뭔가 잘못되었거나 부족하다고 여길 때에야 '생각'을 하는데 황제는 무엇이지! 내 철학적 사유의 초입은 고뇌로부터 시작되었다. 삶은 왜 이리 고단한지, 내 의지대로 할 수 있는 한계선은 어디까지인지, 나의 불운은 나의 악행 때문인가 등 이런저런 '생각'에서 비롯된 것이었다.

마르쿠스 아우렐리우스가 남긴 〈명상록〉을 읽어 보면 거창하거나 난해하지 않아 좋다. 삶의 실상과 인간의 부족함을 지혜와 성찰로 보여 주고 있다. 황제가 철학을 하는 이유는 현실을 더 잘 살아가려는 지혜의 추구다.

아침 기상의 망설임도 철학적 주제가 될 수 있다고 본다. 이불을 걷어 내고 한 발을 바닥에 대고 또 한 발을 바닥에 대고 수직으로 일어나면 그만인데, 그 과정이 어려운 이유는 침대에서 꼭 나가야 하는지에 관한 당위의 문제이다. 출근하기 위해 일어나지만 망설임은 분명하다.

현실을 잘 살기 위한 소크라테스의 철학

꼬리에 꼬리를 무는 질문을 계속하면서 대화를 이어 가는 그 시대의 철학적 삶이 부럽다. 시간과 생계가 보장되어야 가능한 일이다. 소크라테스에게 답이 뻔한 질문은 질문이 아니다. 자신의 신념 체계가 흔들리는 것, 믿었던 것을 의심하게 하는 것, 평온한 일상에 균열을 일으키는 질문이 진짜 질문이다. 성숙한 삶을 위해서 균열이 가는 질문을 스스로 용기

있게 던져 볼 필요가 있다. 소크라테스의 철학은 땅에 발붙이고 살아가는 현실을 선명하게 지각하고 더 잘 살아가기 위한 것이다.

수탉 한 마리 갚는 일이 중요

소크라테스가 자기 죽음을 맞이하는 순간에 친구에게 빚진 수탉 한 마리를 잊지 말고 갚아 달라고 말한 부분은 굉장히 인상적이다. 죽음 앞에서 빚진 수탉 한 마리를 갚을 의무를 기억한다는 것! 대단하다. 이는 우리가 커다란 문제로 골머리를 앓고 있을지라도 작은 것들을 잊지 말아야 한다는 사실을 우리에게 상기시킨 건지도 모르겠다.

'시민으로서, 또 친구로서의 의무를 간과하지 말 것. 명예로운 사람이 될 것. 다른 사람에게 수탉을 빚졌다면, 수탉을 갚을 것. 78p' (『소크라테스 익스프레스』, 에릭 와이너, 어크로스, 2021)

소크라테스는 성찰을 강조하지만 삶에서 중요한 것은 사소한 것에 기반을 두고 있다고 말한다. 그것은 곧 작은 일이 큰일이라는 뜻이 아닐까? **의무와 명예를 중요시하되 작은 일에도 충실할 것!** 내가 생각하는 '좋은' 삶이란 무엇일까? 여전히 의문이다. 아이를 잘 키운다는 것은 어떻게 키우는 것일까? 내가 진정한 행복을 느끼는 순간은 언제일까? 진짜 행복과 가짜 행복을 구별하는 기준은 무엇일까?

한번 나를 황홀하게 해 봐

미술에 문외한인 나는 현대미술을 볼 때 가끔 무엇을 "봐야 할지", 무엇이 "아름다운지" 찾는 데 어려움을 겪는다. 이를테면 유명한 화가의 전시회 작품에 점 하나가 그려져 있을 때 당혹감을 느낀다. 무언가 예술적 아름다움이 있기에 작품이 된 것일 텐데 어떤 관점에서 보아야 할지 갈피를 못 잡는다. 미술관에 걸려 있는 작품이니 분명 화가의 의도나 예술성이 있을 거다. 예술 작품을 감상할 때 본다는 행위는 그저 각막을 통해 형체를 인식하는 행위 그 이상으로 무언가를 느껴야 하고 본질을 꿰뚫을 수 있어야 한다. 그런데 본다는 행위는 일상적으로 이루어지고 보통 상식적인 수준의 이해에 그치는 경우가 많다. 보는 대상에 대한 너무 방대한 지식을 가지고 있어도 오히려 순수하게 보는 것을 방해받는다.

'나는 보는 데 게으른 사람이다. 내 시선의 대상이 모든 일을 다 해 주길 바란다. 경치, 한번 나를 황홀하게 해봐. 제기랄, 아름다워지라고! 그 대상이, 예를 들면 알프스산맥이나 모네의 그림이 내 말도 안 되는 기대에 못 미치면 나는 그 대상을 탓한다. 소로는 다르게 생각했다. 아름다움에 익숙한 사람은 쓰레기장에서도 아름다움을 찾아내지만, "흠잡기 선수는 낙원에서도 흠을 찾아낸다.", 130p' (『소크라테스 익스프레스』, 에릭 와이너, 어크로스, 2021)

사람들은 같은 것을 보면서도 서로 다른 생각을 한다. 어떤 대상, 어떤 경험, 어떤 상황에 대한 느낌도 모두 다르다. 이런 차이는 어디에서 기인하는 것일까? 타고난 긍정성, 삶에 대한 가치관, 본질을 파악하는 기민함 등의 차이에서 비롯될 것이다. 사람들은 보통 자신이 보고 싶은 것만 본다. 보여도 보지 못하고, 보이지 않아도 보는 경우도 있다. 이미 **머릿속에 사물과 세상에 대한 이해와 편견과 정의가** 자리 잡고 있기 때문이다.

'피상적인'의 의미를 소로는 다르게 해석한다. 피상적인 것은 가볍고 부정적 의미의 표현이 아니다. 아무런 편견 없이 보이는 대로 보는 것이다. 어른이 되면 어린이처럼 '보는 것'이 거의 불가능하다. 어린이는 보는 대상에 대해 다양한 지식을 가지고 있지도 않으며 명확한 정의도 편견도 없다. 나는 피사체를 순수하게 '보고' 있는 걸까? 본다는 행위가 개개인의 프레임을 통과한 피사체의 그림자라면 일상에서 아름다움을 더 많이 감지하는 프레임을 씌워 보아야겠다. 여기서 '아름답다'는 것은 단순한 시각적이고 물리적인 아름다움 그 이상의 것이다.

나라는 책을 만든다

『12가지 인생의 법칙』을 읽으며 일상에서 한 가지 법칙이라도 실천해 보려고 시도했다. 『소크라테스 익스프레스』와 『소피의 세계』를 읽는 동안에는 책에서 나와 같은 고민을 하는 친구를 만나 속 깊은 대화를 나누었고 또 다른 나를 만나기도 했다.

책은 나의 삶을 조금씩 바꾸고 있었다. 일상적 생각이 아닌 철학적 사고 회로를 촉진하고 신변의 사소한 일에 **일희일비하지 않는 마음가짐을 가지게** 되었다. 가랑비에 옷이 젖듯이 작은 일상 습관이 나의 인생에 변주를 주고 있었다.

『아주 작은 습관의 힘』에서는 다음과 같이 말한다. "오늘 선택한 습관으로 지금 내가 원하는 정체성을 강화할 수 있다." (『아주 작은 습관의 힘』, 제임스 클리어, 비즈니스북스, 2019)

나는 읽는 사람, 쓰는 사람, 철학하는 사람이 되어 간다. 현재는 철학서를 주로 읽고 있지만 다음에는 또 다른 장르의 책을 읽을 것이다. 그럼으로써 다양한 관점으로 세상을 해석하고 이해할 수 있을 것이다. 책은 나를 만들고 나는 나라는 책을 만든다.

인생의 밑바닥에서 독서로 다시 인생을 일으켜 세운 사례는 많다.

40만 독자의 삶을 바꾼 베스트셀러『역행자』의 저자인 자청(본명: 이원재)의 유년 시절은 평범했다. 공부를 잘했던 것도, 딱히 잘하는 것도 없다. 이십 대 초, 연애에 실패하고 대인관계의 어려움을 극복해 보려고 책을 읽기 시작했고 여기서 배운 '대인관계 기술'을 주변 사람들에게 적용하니 이전보다 관계가 훨씬 부드러워지고 사람들이 자신에게 호감을 갖는 것을 느꼈단다. 처음으로 그가 책의 '효과'를 감지한 에피소드다.

그 후 종일 책을 읽기 시작했고, 책의 내용을 바탕으로 연애 상담 관련 사업을 시작했다. 여러 시행착오를 거쳐 지금은 상당한 경제적 자유를 얻게 되었다. 이제는 당장 모든 걸 잃어도 언제든 다시 시작할 수 있을 거라는 강한 확신을 가지고 당당하게 살아가고 있다. 책이 한 사람의 인생을 바꾼 것이다. 흙수저에서 탈피하는 확실한 방법은 독서뿐이다.

'운명을 바꾸는 책 읽기 프로젝트'라는 부제를 지닌 베스트셀러『독서 천재가 된 홍대리』역시 이지성 작가의 운명 개척에 관한 책이다. 작가는 독서를 통해 밑바닥 운명을 끌어올린 자신의 이야기를 소개하며 누구나 독서를 통해 자신의 인생을 충분히 변화시킬 수 있다고 한다.

책을 안 읽어도 사는 데 큰 지장이 없지만 책을 읽으면 분명 더 나은 삶을 살 수 있다. 운이 좋으면 자청처럼 인생의 큰 반전을 만들고 제2의 삶을 살아갈 수 있다. '더 나은 삶' 즉, 정신적으로 풍요로운 삶, 후회하지 않는 삶, 크고 작은 풍파에 쉽게 흔들리지 않는 삶, 내면의 소리를 들을 수 있는 삶을 살 수 있다.

유년기 독서의 중요성

유년 시절, 엄마는 종종 침대에서 동화책을 읽어 주셨다. 엄마의 목소리로 이야기를 들으며 스르르 잠드는 것이 참 포근했다. 초등학교 저학년 때는 '콩쥐 팥쥐'나 '옹고집전' 등 책에 동반된 오디오 시디를 들었다.

유년기 독서는 왜 중요할까?

『독서의 뇌과학』에는 가레이 의학연구소에서 실시한 연구에 대한 내용이 나온다. 아이들의 뇌 MRI 영상 데이터를 지속적으로 추적, 조사하여 뇌과학 연구 데이터를 얻고, 실제 교육 현장에서 활용할 방법을 찾는 연구의 일환으로 독서 습관과 학업 능력의 관계를 MRI 영상을 분석하여 조사했다. 그 결과, 독서 습관을 지닌 아이들은 **대뇌 좌반구의 백질이 현저히 발달**해 있음을 분명히 알 수 있었다. 청소년기에 백질의 밀도가 높아지고 부피가 증가하는 발달 과정이 매우 중요하다는 점을 생각하면 매우 유의미하며 이 연구 결과는 독서 활동이 언어 처리 능력을 향상시키는 뇌

의 변화를 유도한다는 것을 시사한다. (가와시마 류타,『독서의 뇌과학』,
현대지성, 2024)

요즘엔 어린 시절부터 영어와 수학에 초점을 맞추고 선행학습을 많이
하는데도 불구하고 문해력 문제가 심각하다. 학년이 올라갈수록 두드러
진다. 독서는 모든 교과 학습의 도구가 되는 문해력을 향상시켜 준다. 3학
년 아들에게 물어보았다. "책은 왜 읽는 걸까?", "희망을 줘요." 즉각적이
고도 단순명료한 대답이었다. 희망은 끝없이 펼쳐지는 깜깜한 어둠 한가
운데에서 솟아나는 한 줄기 빛이다. 희망 없는 삶을 생각해 보라. 얼마나
막막하고 답답하겠는가? 희망을 준다는 것 하나만으로도 책을 읽을 이유
는 충분하다.

독서광 학생들의 문제해결력이 남다른 이유

고등학교 시절 우리 반의 한 친구는 '황금 같은' 자습 시간에도 책을 읽
곤 했는데 그 모습이 나에겐 꽤 충격이었다. '시간이 남아도는 것도 아닌
데 문제집 한 장 더 푸는 게 낫지 않나?' 하는 근시안적인 생각을 지니고
있었기 때문이다. 하지만 그 친구가 별다른 '공부' 없이도 국어와 영어 모
의고사에서 높은 점수를 받아 내는 것을 보고 독서의 중요성을 실감했다.

22년차 교사이자 학부모인 김수린, 배혜림이 쓴『중등 문해력의 비밀』
이라는 책을 보면, 단어 하나하나를 읽을 수는 있지만 내용이나 맥락을
이해하지 못하는 학생들의 사례가 나온다. 문맹은 아니지만 맥락이나 행

간의 의미를 알아차리지 못해 교과서조차 정확하게 이해할 수 없는 아이들이 많다고 한다.

초등학교 교실에서도 이러한 현상을 자주 목격할 수 있다. 조금 어려운 어휘나 관용어구가 나오면 잘 알아듣지 못해 "선생님, 이 단어는 무슨 뜻이에요?"라고 묻는다. 모르는 것을 짚고 넘어가는 것은 좋지만 이런 질문이 계속 이어지다 보면 수업의 흐름이 뚝뚝 끊긴다.

교사 생활 중에 1, 2학년 때 학교 공부에 집중하지 못하고 책만 읽던 아이가 4, 5학년 때 갑자기 성적이 급상승하여 깜짝 놀란 적이 있다. 예를 들면, 4, 5학년 사회 과목에는 어려운 용어들이 나오기 시작한다. 평범한 아이들은 새로 나온 '자매결연', '문화의 융성' 이런 단어들을 낯설어하지만 독서광인 아이들은 의미를 쉽게 유추하고 이해한다.

학습은 글의 의미를 해독하는 것이 기본이라 정확하고 빠른 독해력은 강력한 학습 무기가 된다. 독서가 습관화된 아이들은 모르는 단어가 나와도 앞뒤 문장을 읽으면서 그 단어의 의미를 유추한다. 독서를 통해 길러진 문해력은 수학이나 과학 문제를 풀 때도 효과가 나타난다. 문제에서 요구하는 바를 정확히 인지하고 단시간 내 해결한다.

인생 역전, 좋아하는 책부터 시작하라

중학생 시절, '좋은 생각'이라는 잡지를 매월 보았다. 책에는 여러 가지 감동 이야기가 담겨 있었는데 그 사연들을 읽으면서 눈시울을 붉히기도 했다. 사람들은 각자의 짐을 지고 삶을 견디며 살고 있다는 것을 느끼게 되었다. 삶의 무게는 절대 가볍지 않지만, 그럼에도 살아 볼 만하다는 것을 배웠다.

페이지마다 명언이 적혀 있었는데 그중에 내 마음에 쏙 와닿는 문장은 노트에 옮겨 적으면서 어떤 마음가짐과 태도로 인생을 살고 싶은지 삶에 대한 가치관을 정립하는 계기가 되었다. 『죄와 벌』, 『홍당무』, 『데미안』, 『군주론』 등 이름만 대면 알 만한 유명한 책은 읽지 못했지만 매월『좋은 생각』을 틈날 때마다 읽으면서 머리를 식히고, 위로를 얻었다. 나는 마침내 '마음에 드는' 책을 만났고, 독서를 좋아하는 작은 경험을 했다.

인생 역전을 위한 책 읽기

인생 역전을 위해서는 오류가 심한 신념체계를 먼저 바꾸어야 한다. 책을 읽지 않으면 자신이 바르게 잘 가고 있는지 알 수 없다. 기준이 없기 때문에 자의식 과잉으로 자신이 상당히 잘난 사람이라고 생각한다. 이만하면 훌륭하다고 과신하는 반면 잘난 사람을 보면 시기 질투에 빠진다. 책을 읽으면 겸손해진다. 겸손하려고 해서가 아니라 나보다 잘난 사람들이 많다는 걸 실감한다. 나보다 더 열심히 살고 나보다 더 노력하는 사람들을 많이 보니 자연히 겸손해진다.

사람은 변하지 않는다. 그러나 책을 읽는 사람은 변한다. 매일 거울을 보는 사람이 자신을 가다듬는 것과 같다. 책을 읽지 않으면 늙는다. 마음에 새로운 물을 주어야 사람이 신선해진다. 겉은 꾸미되 속은 황폐할 때 텅 빈 마음은 무엇으로 채울까! 책을 읽다 보면 두고두고 보고 싶은 책이 생긴다. 『당신의 인생책은 무엇인가요?』 책에는 여러 반려책이 소개되어 있다. 반려책이란 내가 힘들 때 내 마음에 따스하게 위로해 주는 책이다.

정신적으로 방황할 때 다시 돌아온 고향처럼 나에게 삶의 지혜를 보여 주고 길을 알려 준다.

나의 반려 책은 『행복의 기원』이라는 책이다. 행복에 대해 연구한 저자가 쓴 책으로 '행복'에 대한 다소 사실적이고 적나라하며 차가운 분석이 담겨 있다. 그의 스승은 반평생을 행복에 관한 과학적 연구를 최초로 시작한 에드 디너(Ed dinner)다.

'결국 행복은 아이스크림과 비슷하다는 과학적 결론이 나온다. 아이스크림은 입을 잠시 즐겁게 하지만 반드시 녹는다. 내 손 안의 아이스크림만큼은 녹지 않을 것이라는 환상, 행복해지기 위해 인생의 거창한 것들을 쫓는 이유다. 하지만 행복 공화국에는 냉장고라는 것이 없다. 남는 옵션은 하나다. 모든 것은 녹는다는 사실을 받아들이고, 자주 여러 번 아이스크림을 맛보는 것이다.' (서은국, 『행복의 기원』, 2014)

이 책을 읽을 때마다 나의 '아이스크림'을 떠올려 본다. 나의 아이스크림은 두 아들을 꼭 안아 주고 동그란 볼에 뽀뽀를 하는 것, 아이들을 재운 뒤 맥주 한 캔 마시며 드라마를 보는 것, 매일 아침 출근할 수 있는 나의 일터, 우리 반 아이들의 계산 없는 애정 표현, 출근길 아메리카노 한잔, 주말 오후의 포근한 낮잠, 남편과 함께하는 대공원 산책, 모든 계절의 아름다움, 안락한 나의 집, 낯선 사람의 작은 친절 등 헤아릴 수 없이 많다. 하지만 손 안에 든 아이스크림을 잊고 또 다른 아이스크림을 사러 나선다.

아이스크림이 녹아내리는 것을 아쉬워하는 대신 그 달콤함을 자주 느껴야겠다. 잠시 얻은 행복이 영원하지 않듯 지금의 불안과 아픔 또한 영

원하지 않다는 것을 기억하고 씩씩하게 살아가리라. 책은 나를 다독이고
지혜를 선물해준다.

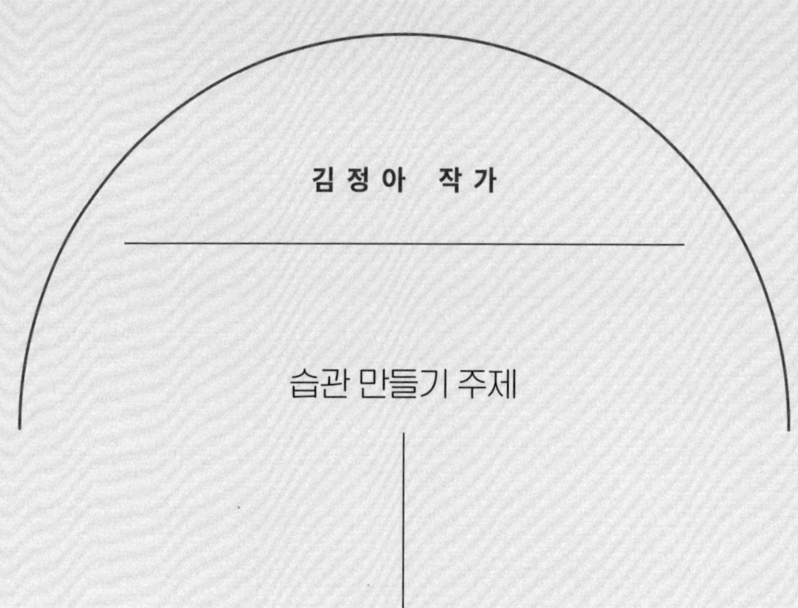

김 정 아 작 가

습관 만들기 주제

매일 수채화 그리기

1. 수채화 그리기 연습 시간

2. '반고흐'도 미친듯이 그림을 그렸다

3. 매일 수채화 한 장 그리기의 효과

김정아 작가는

현재 수도권 소재 학교에서 호기심 많고 활기찬 아이들과 함께 일상을 보내고 있다. 평소 어떻게 해야 긍정적인 생각을 가지고 아이들에게 꿈과 상상력을 키워 줄지 늘 고민하며, 아이들의 속마음을 그림책 이야기로 소통하고 있다.

매일 수채화 한 장 그리기라는 목표를 세우고 이를 실행하는 과정을 통해 몰입의 즐거움과 함께 스트레스 해소는 물론 미적 감각의 향상과 더불어 마음의 평화를 경험하고 있으며, 고요한 행복감을 누리고 있다.

1 | 수채화 그리기 연습 시간

나의 습관 만들기 목표는 '매일 수채화 그리기 연습을 일상화하는 것'이다. 3월부터 매일 이론 서적을 읽고 실기 연습을 진행한 후 간단한 기록을 남겼다. 꾸준한 연습 덕분에 수채화 용구의 기본 사용법과 표현 기법에 대한 이해도가 높아졌고, 수채화 표현에 자신감을 갖게 되었다. 이제는 수채화 그리기가 즐거운 일상으로 자리 잡았다.

잘 모르는 수채화를 시작하게 될 줄이야

그림을 그리는 사람들은 특별한 재능을 가진 사람들만 가능하다 생각했다. 어릴 적부터 예술적인 감각이 뛰어난 사람들, 빈센트 반고흐처럼 독창적이고 특별히 재능 있는 이들만이 가능하다 믿었다. 우리 부장님이 미술을 배운다고 했을 때, 그분 역시 예술 감각이 있고 평범한 사람과는 다른 존재처럼 느껴졌다.

부장님의 전시회를 따라 다니면서, 나도 모르게 미술을 시작했다. 처음에는 호기심과 두려움이 섞여서 '설마, 나처럼 그림을 배운 적 없는 사람도 그림을 그릴 수 있을까?' 하며 큰 기대 없이 시작했다. 이제는 그림에 대한 의견을 자유롭게 나눌 수 있고 미술 표현을 위해 주변을 섬세하게 관찰하고 느끼게 되었다.

미술은 비싼 재료들과 많은 비용이 드니 시작하는 데 주저했다. 사실 수채화 도구는 가격이 저렴하면서 품질이 뛰어난 것들이 많다. 다양한 브랜

드와 제품이 있어 선택의 폭도 넓고, 스케치북 역시 가격 부담 없이 구입했다. 경제적 부담 없이 창의력을 마음껏 표현할 수 있다는 점은 정말 매력적이다.

꾸준한 연습이 절실하다

수채화를 배우기 시작한 지 벌써 3년이 지났다. 기초부터 차근차근 배우지 않고 취미로 일주일에 한 번씩 자유롭게 그려 온 탓에 아직도 스케치북을 열면 어디서부터 시작해야 할지 막막할 때가 있다. 구도를 어떻게 잡아야 하는지, 어떤 부분에 중점을 두고 스케치를 해야 하는지, 색깔은 보이는 것과 실제 그림의 색이 왜 다르게 그려지는지, 왜 수채화는 밝은 부분부터 어둡게 점차적으로 색칠해야 하는지 등 답답하다. 연습과 공부가 필요하지만 바쁘다는 핑계로 연습을 게을리했다.

제리 율스만이라는 사진작가가 있다. 작가는 플로리다 대학교에서 수강생을 두 그룹으로 나누어 한 실험을 했다. A그룹은 사진의 '양'에 초점을 맞추고, B그룹은 '질'에 초점을 맞추게 했다. A그룹은 질에 상관없이 '무조건 많이' 찍어야 A 학점을 받을 수 있고, B그룹은 양에 상관없이 '무조건 잘' 찍어야 A학점이라고 했다. 학기가 끝났을 때, 뜻밖에 '최고의 사진'들은 모두 A그룹에서 나왔다. A그룹의 학생들은 잘 찍겠다는 부담 없이 일단 많이 찍으면서 구도와 조명을 실험하고, 실수를 통해 배웠다. 반면, 질을 고민한 B그룹의 학생들은 완벽함을 고민한 결과 평범한 사진 한 장만 겨우 건졌다. 이는 미술에서도 비슷하게 적용할 수 있다. 연습의 양이 질보다 우선이다.

목표를 정하다

수채화를 배운 지 어느 정도 시간이 흘렀다. 이제 연습을 통해 나만의 작품을 만들고 싶다. **매일 하루를 정리한 뒤 저녁 9시부터 그림을 그리는 습관을 만들기로 계획**했다. 책상 한 쪽에 스케치북과 수채화 도구를 정리하고 작은 화실을 꾸몄다. 우선 수채화 관련 책을 1-2장씩 읽으며 이론을 익히고, 관련하여 '하루에 한 장씩 그림 그리기'라는 작고 쉬운 목표부터 설정했다.

유튜브('홍익아트': 기초적인 지식 및 도구의 사용과 정리, '신종식 수채화'-이론과 실습)와 앱(Pinterest)을 같이 이용하였다. 기본적인 색 혼합, 브러시 사용법, 다양한 기법들을 배우고 자연 풍경, 정물화, 인물화 등 여러 주제를 따라서 표현하고 있다. 매일 조금씩 연습하며 나만의 스타일을 찾아간다. 이 습관을 통해 스트레스를 해소하고, 일상의 소소한 행복을 느낄 수 있어 좋다. 또, 연습 중에 지속적으로 실력이 성장하는 나를 지켜보는 것도 동기부여가 된다.

하루하루 매일의 습관을 지속하는 데에는 의지보다 보상이 필요하다. 그 보상이 나에게는 몰입의 즐거움이다. 붓을 들고 집중하다 보면 모든 근심, 걱정이 사라진다. 하루 한 장의 목표는 드디어 행복한 시간을 즐기는 보상으로까지 나아가게 되었다.

2 | '반고흐'도 미친듯이 그림을 그렸다

드디어 계획대로 매일 그림을 그리고 있다. 유명한 화가도 매일 그린다. 아무리 대단한 작가도 날마다 퇴고에 퇴고를 더한다. 무려 500번이나 시를 고쳤다는 시인도 있다. 그리다 보면 실력도 늘고 명작도 나온다. 아직은 입문 정도이지만 습관을 만들어 계속하면 1년에 365장이다. 어마어마한 양이다. 다작의 힘을 믿으며 하루하루 즐겁게 습관 만들기에 주력하고 있다.

하루에 한 장 연습하기

1일차(3월 27일, 목) **수채화의 기본색**

수채화에는 기준이 되는 3원색이 있다. 물감을 칠할 때 가장 기본이 되는 것으로 색상, 명도, 채도가 있다.

처음 수채화 책을 펼치자 기본 색이 나왔다. 노랑(카드뮴 옐로우 페일), 군청색(프렌치 울트라 마린), 짙은 빨랑(알리자린 크림슨), 고동색(옐로우 오커), 녹색(후커스 그린), 빨강(카드뮴 레드), 파랑(셀루리안)이다. 우선 이 색들을 찾아보았다. 먼저 원색의 색감을 표현하고 물의 양에 따라 색이 어떻게 변하는지 관찰하면서 색의 깊이를 느껴 보았다. 또한 '알리자린 크림슨', '옐로우 오커', '프렌치 울트라 마린' 3색만으로 그림을 그려 보았다. 처음에는 세 가지 색상만으로 표현이 가능할지 의심했는데 다양한 색깔을 표현할 수 있음을 알게 되었다.

2일차(3월 28일, 금) 갈색 상자 그리기

오늘 연습할 주제는 갈색 상자 그리기다. 평면으로 갈색 전체의 상자를 먼저 옅은 갈색으로 색칠한 후 짙은 색의 그림자를 넣어 입체감을 만들어 간다. 수채화는 물의 양이 많아짐에 따라 색이 옅어지고 더 투명한 효과가 나는데, 물체의 입체감을 표현하기 위해서는 명암이 중요했다.

그림을 그릴 때에는 순서가 있는데, 아크릴이나 유화는 어두운 색에서 밝은 색으로 표현한다. 수채화는 조금 다르다. 물을 상대적으로 많이 사용하는 수채화는 밝은 색에서 시작해 점점 어두운 색으로 색칠한다. 오늘은 수채화의 특성을 잘 이해했다.

3일차(3월 29일, 토) 프리지아 그리기

토요일마다 가는 화실에 오늘은 노란 프리지아가 있다. 화병과 꽃을 보며 구성과 배경, 명암을 어떻게 해야 할지 생각해 보았다. 밝은 꽃과 줄기에 명암을 주고 싶지만, 생각만큼 잘 되지 않았다. 화병의 그림자 구성도 아직 어렵다.

배경의 채도를 낮추어 주인공인 꽃을 돋보이게 하고 싶어 여러 색을 대충 혼합하니, 관장님이 말씀하셨다. "너무 많은 색깔은 사용하지 마세요. 보통 3가지에서 5가지 정도만 섞으세요." 나는 채도를 낮추기 위해 무조건 많은 색깔을 섞으면 좋다고 생각했는데 아니었다.

4일차(3월 30일, 일) **과일 그리기**

과일 그리는 연습을 했다. 먼저 전체 형태를 간단히 스케치한 후, 과일의 평면 면적을 색칠했다. 다음 단계로 전체 면적에 음영을 넣고, 마지막으로 더 정교하게 그림자를 표현하는 연습을 했다.

바나나를 그릴 때는 먼저 노란색을 전체적으로 칠한 후, 빛에 따른 음영 처리를 했다. 큰 붓으로 밝은 색감을 표현하고, 점차 작은 붓을 사용해 세밀하게 작업하는데, 20호 붓을 이용해 첫 번째와 두 번째 단계까지 색칠을 주로 하고, 10호 붓으로 세 번째 단계부터 세밀한 표현을 한다.

복숭아는 노란색과 빨간색을 섞어 표현했다. 그림자 처리는 빨간색, 노란색, 파란색을 섞어 무채색 같은 느낌으로 복숭아 아래쪽과 바닥의 그림자를 칠했다. 복숭아 표면이 울퉁불퉁해 표현하기가 쉽지 않았다.

포도는 빨간색과 파란색을 섞어 보라색을 만들고 전체적인 모양을 칠했다. 점차 색을 덧칠하면서 깊이를 넣어 주었고, 살짝 아무것도 색칠하지 않은 부분은 흰색이 반사광처럼 표현되었다. 마지막으로 그림자 부분을 더 진하게 색칠하니 양감이 생겼다. 포도송이의 가장자리 부분을 가는 붓으로 물칠을 해 색을 옅게 해 주니 실제 느낌이 났다.

5일차(3월 31일, 월) **피망 그리기**

피망은 생각보다 그리기 어려웠다. 불규칙한 형태를 표현하기 위해서는 그라데이션과 명암의 차이가 확실히 두드러져야 했지만 명암의 깊이가 원하는 대로 되지 않았다. 반면, 당근은 형태가 원기둥처럼 되어 있어 짙은 색으로 모양을 내니 상당히 비슷하게 그려졌다. 아마 조금 더 연습을 하면 당근은 쉽게 그릴 수 있을 것 같다.

오늘 그림을 그리면서 가장 밝은 부분을 표현하기 위해 비워 두는 것이 생각보다 쉽지 않았다. 밝은 색을 표현하기 위해 마스킹 테이프를 사용하는 방법도 있지만, 자연스럽게 비워 두는 방법을 연습해 보려고 한다.

6일차(4월 1일, 화) 흰 국화 그리기

흰색 국화는 배경만 칠하지 않고 꽃 부분은 비워 둠으로써 흰색이 살아나는 것을 확실히 느낄 수 있었다. 연습을 통해 그림자를 찾아가고 어두운 부분과 밝은 부분을 보는 방법을 알게 되었다. 그리고 기본이 되는 색깔만으로도 거의 모든 색을 표현할 수 있다는 점이 재미있다.

나는 미술을 할 때 음악을 틀어 놓는다. 음악이 주는 에너지가 큰 도움이 된다. 보통은 클래식 FM 방송을 듣지만, 오늘은 기분이 우울해서 신나는 팝송을 틀었다. 그림과 음악은 환상의 조합이라고 생각한다. 특히 신나는 음악을 들으니 작업의 리듬이 생기고, 손도 더 가볍게 움직일 수 있었다.

9일차(4월 4일, 금) 원근 살려 그리기

가까운 나무와 멀리 있는 나무들을 알리자린 크림슨, 프렌치 울트라 마린, 카드뮴 옐로우 페일 등의 색감을 섞어서 어떤 느낌이 나는지 연습했다.

멀리 있는 물체를 그릴 때 중요한 규칙은 대비를 이용하는 것이다. 색깔에서 따뜻한 색인 빨강 계열이 앞으로 전진하는 느낌인 반면, 차가운 색인 파란색 계열은 뒤로 물러나 보인다는 점을 이용하여, 멀리 있는 물체를 그릴 때는 차가운 파란 계열의 색을 사용하고, 가까이에 있는 물체를 그릴 때는 따뜻한 빨간 계열의 색을 사용해야 한다는 것을 알았다.

13일차 (4월 8일, 화) **건물과 마을 그리기**

건물과 같은 입체표현에서 전체를 한꺼번에 먼저 그리는 것이 중요하다고 알고는 있지만 실제로 단순화하는 것이 아직 어렵다. 평면에서 명암 처리를 통해 입체적인 형태가 자연스럽게 나와야 한다. 이럴 때 건물을 단순화시키는 방법 중 하나는 실루엣처럼 그리는 거다.

이제 마을을 표현해 본다. 먼저 집들을 반복적으로 그렸다. 여기서도 입체감을 살리기 위해 집의 모양 전체를 채색하고, 명암을 주어 집이 살아나도록 해 주어야 했다. 이때 명암은 회색에 가까운 보라색으로 단순하게 해도 모양이 괜찮다.

음악을 들으며 붓을 들고 하나씩 색칠할 때 얼마나 마음이 고요해지는지 모른다. 이른바 수채화명상으로 이름 짓고 싶을 정도이다. 미루었던 연습 시간이 지금은 행복한 빛깔로 가득 채워지고 있다.

1) 색 혼합, 구도 잡기 등 기본 실력 향상

수채화 연습을 하면서 점점 그리기에 익숙해지는 자신을 발견하는 것이 가장 큰 행복이다. 처음에는 단순히 색을 섞는 것조차 어려웠지만, 이제는 나만의 색감을 찾아가는 과정이 흥미롭다. 색상의 변화와 조화를 느끼고, 둥근 붓을 사용해 물의 양을 조절하며 농담과 명암을 표현하는 데 자신감이 붙었다.

그림의 구도를 생각하고 배경과 사물의 조화를 고려하는 과정은 마치 미지의 세계를 탐험하는 계획을 세우는 것과 같다. 새로운 주제를 시도할 때마다 다양한 요소를 조합하며 나의 스타일을 발전시키고, 그 자체가 하나의 작은 여행처럼 느껴진다. 매번 새로운 색을 찾고, 다양한 기법을 적용하면서 창의력을 키워 가는 것이 즐겁다.

2) 몰입과 스트레스 해소

그림을 그리는 과정에서 마음의 평화를 찾고, 일상의 걱정에서 벗어날 수 있다. 집중하고 몰입하는 순간, 생각이 정리되고 자신을 돌아보고, 감정을 자유롭게 표현할 수 있다.

음식에도 다양한 맛과 색깔이 있듯이, 그림도 음악과 함께 그릴 때 서로 잘 어울린다. 음악은 감정을 풍부하게 해 주고, 각 곡의 분위기에 따라 그림의 느낌이 달라진다. 예를 들어, 잔잔한 클래식 음악을 들을 때는 부드러운 색감을 사용하고, 경쾌한 리듬의 곡을 들을 때는 더 생동감 있는 색을 선택하게 된다. 이러한 과정은 감정 표현의 차원을 열어 주었고, 그림을 그릴 때마다 음악이 주는 영감을 통해 자연스럽게 표현할 수 있었다.

3) 미적 감각이 뚜렷해지다

이와 함께, 그림을 그리는 습관 덕분에 일상에 규칙성이 생기고 성취감을 느끼게 되었다. 매일의 연습을 반복할 때마다 자신감이 높아지고, 새로운 도전에 대한 두려움이 줄어드는 것을 느낀다. 주변 사물을 더 세심하게 관찰하게 되면서, 일상에서의 작은 변화나 아름다움을 더 쉽게 발견할 수 있게 되었다. 예를 들어, 꽃을 그리면서 화분의 모양과 색상이 꽃의 아름다움을 어떻게 돋보이게 할 수 있는지를 고민하게 되었다. 이렇게 자연과 사물의 조화를 느끼는 시각의 변화는 내 삶의 여러 부분에 긍정적인 영향을 주었다.

옷을 고를 때 퍼스널 컬러를 고려하여 내 스타일에 잘 어울리는 색상과 패턴을 찾으려 애쓴다. 색의 감각으로 나에게 어울리는 색을 발견하니 내 옷장에도 새로운 변화를 주고 있다. 물건을 고를 때도 기능적 측면뿐만 아니라 디자인과 색상까지 신경 쓰게 되었다. 이런 작은 변화들이 모여 나의 삶의 질을 높이는 데 기여하고 있다.

4) 그림책 작가의 꿈

매일의 연습을 통해 나만의 독특한 스타일과 색감을 발견해 가는 과정은 정말 즐거운 경험이다. 그림은 사람들 간의 소통의 도구가 될 수 있다. 작품을 통해 다른 이들과 이야기를 나누고 그들의 감정과 경험을 공유하는 것은 큰 기쁨이다. 서로의 이야기를 그림으로 나누며 함께하는 순간들을 계속 쌓고 싶다.

앞으로 나는 다양한 주제로 그림을 그리고 그 작품들이 사람들에게 행복한 순간을 선사할 수 있도록 노력할 것이다. 행복을 나누는 일은 나에게도 큰 보람이며, 그 과정에서 더 많은 사람들과 연결되고 싶다. 전시회를 통해 다른 이들과 공유할 예정이다.

은퇴 후에도 꾸준히 취미 생활을 이어 가려고 한다. 일상의 스트레스를 잊고 나 자신을 표현할 수 있는 방법으로 제격이다. 수채화는 나에게 힐링 시간이고, 많은 것을 배우고 느끼게 했다. 그림을 그리면서 얻는 고요하고 평화로운 마음은 삶을 더욱 의미 있게 만들어 주고 있다.

또 다른 나의 목표는 수채화를 통해 아이들이 이야기를 시각적으로 표현하게 돕고, 감동과 즐거움을 선사할 수 있는 그림책을 만드는 것이다. 이를 위해 다양한 주제로 그림을 그리고, 나만의 고유한 이야기를 담아내는 연습을 지속할 것이다. 그림책 작가로서 필요한 전문적인 기법과 이야기 구성에 대해서도 꾸준히 공부해 나갈 계획이다.

이제 수채화 연습이라는 작은 습관은 단순한 취미를 넘어, 앞으로 새로운 목표와 꿈을 심어 주고 있다. 이 목표를 위해 하나하나 실행하는 과정 또한 즐거울 것이다. 힐링의 시간 속에서 내 자신이 더욱 발전하고 성장할 수 있는 발판이 될 것이라 생각하니 마음이 아늑해진다.

이 주 현 작 가

습관 만들기 주제

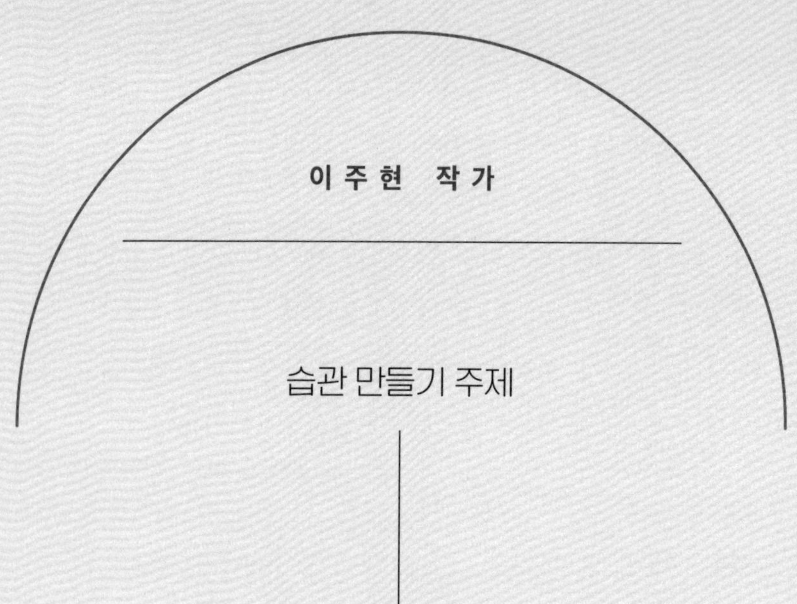

매일 한 개씩 버리기

1. 나는 버리며 살기로 했다

2. 1일 1물건 버리기

이주현 작가는

2018년부터 독서와 글쓰기를 계속해 왔다.

'내 인생은 내가 만든다'는 모토를 갖고 살아가며 죽을 때까지 현장에 남아 일하고자 날마다 공부하고 새로운 도전을 꿈꾼다.

명료한 자각과 균형 있는 삶을 위한 성찰을 위해 다양한 공부를 하고 있다. 의식 있는 현자들을 좋아하고 따르며 치유와 자기 돌봄을 위한 독서와 책 쓰기 팀을 운영 중이다.

저서로는 『나도 다시 행복해질 수 있을까』 『성공을 만드는 1%의 차이』 『내 인생아 흥해라』 『당신의 인생책은 무엇인가요』가 있다.

블로그 : 석딜 안에 책쓰기 & 책읽는 마을

1 │ 나는 버리며 살기로 했다

나의 습관 만들기 목표는 '매일 한 개씩 버리기'이다. 3월부터 매일 관련 서적을 읽으며 실행했다. 그 결과 집의 바닥이 점점 드러나고 쾌적한 공간이 되니 삶이 단순해지고 일의 효율도 높아지고 있다.

청소나 살림에 어둡다 보니 늘 집 안에 물건이 쌓이고 검은 먼지들이 여기저기 날아다닌다. 몇 년 전, 지인이 발간한 책『나는 버리며 살기로 했다』를 읽고 드디어 나의 삶에도 빛이 들어오기 시작했다. 물건을 버린다고 장을 열어 보니 아끼느라 장롱 깊숙이 넣어 두었던 명품 옷들은 10년이 지나 좀이 슬어 있거나 냄새가 났다. '아끼다가 ○ 된다'는 말처럼 그리 될 때까지 모셔 둔 고물이다. 그걸 현관에 내다 놓았다가 다시 들여오기를 여러 번 하다 결국 버렸다. 아끼기보다 적극적으로 돈을 버는 편이 낫다는 생각이다. 언젠가는 쓸 일이 있을 거야 하고 쟁여 둔 물건들이 아직도 있다. 이사할 때 그리도 많이 버렸건만 버릴 물건들이 꾸역꾸역 나온다.

존재하는 공간이 당신의 마음 상태다

살다 보면 우울할 때가 있다. 만사 귀찮음 병에 걸리면 모든 것을 놓아 버린다. 집에는 어둠이 내리고 청소기에는 먼지가 쌓인다. 물건들이 꼼짝도 않고 자리를 지키니 사람이 발 디딜 곳도 없다. 그러던 어느 날,『청소력』이란 책을 만났다. 부제가 '행복한 자장(磁場)을 만드는 힘'이다. 뒤표지에는 큰 글씨로 '당신이 살고 있는 방이 바로 당신 자신입니다.'라고 적혀 있다. 내 방이 나라니 갑자기 청소를 하고 물건을 버려야겠다는 생각이 훅 들어왔다.

흐트러진 방, 청소가 되어 있지 않은 방에서 계속 생활하면 심박수와 혈압이 증가하고 목이나 어깨가 무거워지며 이유 없이 초초해지거나 금방 화를 낸다고 주장하는 이 책을 읽으면서 작심삼일이라도 좋으니 해 보기로 했다. 마침 어깨가 뻐근하고 목 뒷덜미가 저릿했다. 정리정돈과 건강이 밀접한 관계가 있구나 하고 놀랐다.

우선 오래된 것부터 버리기 시작했다. 가벼운 청소기를 장만해서 슬슬 돌리고 물을 뿜는 분사 밀대를 이용하여 슥슥 닦으면서 새집으로 변하는 기적을 경험했다. 물건도 하나씩 버리고 있다. 처음부터 한꺼번에 많이 버리면 이전의 내가 놀랄까 해서 하루 한 개씩 버리고 있다. 정 버릴 게 없으면 책을 한 권 들고 나갔다가 퇴근길에 알라딘 중고점에 가서 팔아 버렸다.

나를 미니멀 라이프로 인도한 비움 작가는 이렇게 말한다.

'미니멀 라이프란 불필요한 물건이나 일 등을 줄이고, 일상생활에 꼭 필요한 적은 소유로 살아가는 삶을 말한다. 인생에서 가장 소중하고 본질적인 것에 집중하여 자기 본연의 모습을 찾아가는 데서 행복을 찾을 수 있다.' (『나는 버리며 살기로 했다』, 더로드 출판사, 비움, 2019)

비워야 할 이유는 많다.

첫째, 에너지 분산을 막고 집중하기 위함이다.

물건이 여기 저기 흩어져 있으면 은연중에 그 물건에 신경이 가서 꽂힌다. 무슨 일이든 거기에 집중해야 하는데 산만한 환경은 산만한 마음 상태를 만들고 에너지가 분산된다. 집중이 안 된다. 물론 일의 효율도 떨어진다.

둘째, 공간이 주는 편안함을 위해서다.

좁은 공간에서 작업하는 것보다 정돈된 환경이 훨씬 정서적으로 안정된다. 공간이 없어서 꽉 찬 장소는 보는 것만으로 답답하다. 공간이 시원하고 열려 있으면 그 자체로 편안하고 거기에 나를 담고 싶어진다.

셋째, 산뜻한 에너지를 위해서다.

오래된 물건들, 과거 기억이 담긴 가구들, 오랫동안 입지 않는 옷에는 눅눅함과 좋지 않은 에너지가 방출된다. 용감하게 다 버리고 새로 시작하면 당연히 새로운 인생이 펼쳐진다. 어떤 분은 10년에 한 번씩 모든 것을 다 버리고 새로 산다고 한다. 아깝지 않은가 물으니 '무슨 소리냐, 얼마나 기분이 산뜻해지는지 모른다.'고 했다. 그렇게까지는 못하더라도 필요 없는 물건은 빨리 버리는 게 맞다. 그분의 인생은 발랄하다 못해 진취적이다.

넷째, 나의 행복을 위해서다.

어둡게 쌓인 먼지와 물건들이 있는 곳에 좋은 일이 올 수 없다. 돈이나 행운은 깨끗하고 환하고 밝은 걸 좋아한다. 요즈음 한국에는 일확천금을 노리거나 일 안 하고 놀면서 먹고 살거나 한탕주의를 바라는 사람들이 많다. 성실한 삶을 포기하고 살아가면 점점 사람이 부정적으로 변하는데 청소도 안 하고 씻지도 않는다. 버리기도 청소도 나의 행복을 위해서이다.

청소를 하면 오늘 무엇을 해야 할지 내 인생의 과제는 무엇인지 눈에 선명하게 보인다.

확고한 가치관이 먼저다

미니멀 라이프를 그냥 '물건만 비우고 짐만 줄인다'고 생각하면 실천을 하더라도 금방 문제에 부딪히고 포기한다. 먼저, 미니멀 라이프에 대한 확고한 신념이나 가치관이 정립되어야 장기적인 실행이 가능하다.

왜 그래야 하는지 신중하고도 근본적인 질문 없이, 무턱대고 '남이 하니 나도 한다'는 생각으로 시작하면 결과는 뻔하다. 실컷 과일의 껍질을 벗기는데 껍질을 벗기는 이유를 모르는 것과 같기 때문이다. 유행 따라 잠시 따르다가 금방 식어 버리지 않으려면 왜 버려야 하는지에 대한 철학이 있어야 한다.

정리정돈 책인데도 불구하고 사진 한 장 없는 비움 작가의 책을 읽고 나서 비우기에 대한 필요성을 뼛속 깊이 각인했다. 또, 마쓰다 미스히로 선생의 『청소력』을 읽으며 청소로 운명 개선이 가능하다는 걸 믿게 되었다. 운이 좋아지는 방법 중 하나가 청소와 이사다. 내 운명을 개선하고 행복한 삶을 만들기 위해 날마다 하나씩 버리기로 했다.

비우면 사명이 보인다

내 행복을 위해서 정리를 시작했는데 어느새 나는 내가 무엇을 해야 할지 사명을 알게 되었다. 정말 놀라운 반전이다. 지금 우리 집 거실에는 6

인용 원목 탁자 하나와 의자 4개만 놓여 있다. 텅 빈 거실의 여유를 즐기면서 글을 쓰니 행복하다. 좋은 책을 읽고 글을 쓰며 자신을 성찰하며 이렇게 하늘에 기도한다. '나와 세상을 위해 내가 해야 할 일을 알려 주세요!'

햇빛이 깊숙이 들어오는 늦가을이면 베이지 커튼이 바람에 나부낀다. 여유와 평화가 깃든다. 날마다 이 공간에서 책을 읽고 글을 쓰는 행복을 누린다. 그리고 조용히 앉아 기도하고 묵상한다.

나의 사명은 말과 글로 사람들을 깨우치고 마음에 따스한 위안과 힘찬 도전의 에너지를 불어넣는 것이다. 마음공부를 하며 감정 치유가로서 일할 생각도 있다. 나는 매일 버리며 살고 있다. 나의 행복을 위해서 나의 평화를 위해서다. 아직 바로 버리기는 잘 안 되지만 늘 버릴 것을 찾는다.

2 | 1일 1물건 버리기

겨울의 무거운 베일을 걷고 3월이 왔다. 긴 잠에서 깨어나듯 다시 버리기를 시작했다. 방학 동안에 옷장 정리를 했는데 아직도 버릴 옷들과 잡동사니들이 가득이다. 일단 집안 곳곳에 흩어져 있는 책 정리를 위해 책장을 거실로 빼내고 책을 옮겼다. 먼지 속에서 버릴 책들을 골라 중고서점에 가져갔더니 10,500원을 주었다. 적은 돈이 아니다. 책장에 조금 여유가 생겼다. 숨이 깊게 내쉬어진다. 바쁘더라도 매일 한 가지씩 버리기로 하고 일지를 쓰기 시작했다. 일지라고 해봐야 그저 수첩에 간단히 메모하는 것이지만 습관 만들기 과정이라 꼭 쓰기로 했다.

3. 23. (일) 옷장 정리를 하다. 버릴 옷은 종이 가방에 담다.

3. 24. (월) 10년 사용한 갤러리 장을 당근에 무료나눔 올리다.

3. 25. (화) 음식쓰레기 버리면서 계란판과 헌책들 버리다.

3. 26. (수) 버릴 옷을 들고 나가 아름다운 가게에 기증하다.

3. 27. (목) 화분을 정리하고 플라스틱분 버리다. 식물 화분 4개는 당근

에 올리다.

3. 28. (금) 최근에 사서 다 읽은 책 3권 중고서점에 팔다.

3. 29. (토) 당근 나눔 연락이 와서 스투키 화분 한 개 기증하다.

3. 30. (일) 아까워 두었던 오래된 전기밥솥을 버리다.

3. 31. (월) 부엌 정리를 하고 플라스틱 반찬통을 다 버리다. 앞으로 버릴 물건 리스트를 적어 보았다.

① 옷장을 나눔으로 당근에 올렸다. 그저께 연락이 왔다. (옷장을 버리는 대신 안방의 구석 ㄷ자 공간에 봉을 아래위로 설치하고 옷들을 다 걸었다. 망사 커튼을 달고 나니 딱이다. 이제 옷을 위한 가구는 5단 서랍장이 전부다.)

② 엔젤 녹즙기 : 여름에 당근 방출 예정 (이유 : 녹즙기 재료가 남아서다.)

③ 대형 화분 : 금전수 2개, 홍콩 야자 2개 (당근 나눔)

④ 학용품들 : 학교 기증하기

⑤ 바이올린 : 음악학원 지인 주기

⑥ 쿠첸 밥솥 : 당근 올림

⑦ 대형 바구니 1개 : 당근 올림

⑧ 소형 바구니 5개 : 당근 올림

⑨ 오래된 발효 음료 : 텃밭에 거름으로 주기

⑩ 오래된 알약 : 버리거나 약국에 환원하기

적어 보니 많다. 그래도 이렇게 버리려고 애쓰는 자체로도 좋다. 뻥 뚫린 곳에서 사는 행복, 공간이 주는 여유를 만끽하는 삶을 살아가려 한다.

물건이 많다고 행복해지는 건 아니다. 자꾸 버리다 보니 알게 된 것이 이제는 함부로 물건을 사면 안 되겠다는 다짐이다. 너무나 많은 물건을 사고 버리면서 발생하는 쓰레기만 해도 엄청나다. 물건을 사고 싶을 때 집에 대체할 게 있나 찾아보면 있다! 꼭 사야 할 이유가 없다.

냉장고에 들은 음식도 그렇다. 요즈음은 거의 다 정리하고 나니 냉장고가 텅텅 빈다. 2/3 정도 채우고 있다. 냉장고에도 오래 보관하면 세균이 번식하고 음식이 상한다. 곰팡이도 핀다. 냉장고 과신은 금물이다.

무엇이든 버리기 힘든 이들을 위해 또 나를 위해 기준을 정해 보았다. 사실 나는 2023년 정리수납전문가 2급 자격증을 취득했다. 물론 하도 정리가 안 되어서 공부를 한 것인데 그때 배운 것을 살짝 공개한다.

1) 부엌 살림 버리기의 기준과 이유

㉠ 고장 난 것 - 운이 나빠짐

㉡ 깨지거나 금이 간 그릇 - 운이 나빠짐

㉢ 코팅 벗겨진 프라이팬 - 건강이 나빠짐

㉣ 5년 이상 된 수저 - 오래 묵은 에너지

㉤ 오랫동안 사용 않는 그릇 - 오래 묵은 에너지

㉥ 딸 시집 갈 때 준다고 모은 커피 잔 - 오래된 에너지

㉦ 복잡한 무늬가 있는 그릇 - 밥맛이 없어짐

2) 옷 정리의 기준

㉠ 2년 이상 안 입는 옷

㉡ 비싼 명품인데 안 쓰는 것

㉢ 퍼스널 컬러에 맞지 않는 옷

㉣ 설렘이 없는 옷

㉤ 입었을 때 작거나 기분이 처지는 옷

㉥ 한물간 디자인의 옷

㉦ 누구 주려고 쟁여 둔 옷

옷이 많은데 입고 나갈 게 없다면 먼저 정리를 해야 한다. 꼭 입을 것만 두면 외출할 때도 고민하지 않고 오늘 입을 옷을 바로 찾을 수 있다.

옷을 정리하려면 일단 모두 꺼내 놓아야 한다. 박스 3개를 준비한 다음 옷을 세 부류로 나눈다. 먼저, 입을 것, 버릴 것, 애매한 것이 기준이다. 입을 것은 장으로 가고 버릴 것은 큰 비닐봉투에 담는다. 애매한 것은 다시 입을 것, 버릴 것, 애매한 것으로 나눠 정리한다.

3) 냉장고 정리의 기준

㉠ 유통 기간 지난 음식

㉡ 2주 이상 안 먹는 조리 식품

㉢ 오래된 음료수 버리기

㉣ 상한 음식

㉤ 곰팡이 낀 음식

㉥ 안 먹는 반찬

㉦ 2년 이상 된 식재료, 가공품

냉장고에 얼마나 많은 음식과 재료들이 쌓여 있는지 코로나 같은 긴급 상황에도 한 달 이상 먹고도 남을 정도다. 건조한 가공식품도 오래 쟁여 두면 세균이 번식하고 곰팡이가 생기니 오래 두면 안 된다.

우리 집 냉장고를 정리해 보니 상한 음식이 많았다. 이럴 거면 시장에서 그렇게 많이 사 오지 않았어도 되는데 후회가 되었다. 먼저 마트를 끊고 냉장고 파먹기를 했는데 놀랍게도 한 달 이상 살아진다. 오래된 미역, 발효 청, 효소식초 등 별별 것이 다 나온다. 몸에 좋을 거라 해서 이사할 때도 굳이 무겁게 들고 왔는데 몇 년이 지나도 거들떠도 안 보는 것들은 필요한 곳에 보내거나 버리자. 아무리 명약도 오랜 시간 둔 것은 그 효능이 의심스럽다.

단순하게 사는 즐거움! 다 버리면 가능하다. 쌓아 둔다고 해서 부자가 되는 게 아니다. 꼭 필요한 것만 사는 습관을 들여야 한다. 버려 보면 안다. 얼마나 과소비를 하고 살았는지! 자꾸 버리다 보면 확실하게 안다. 함부로 싸다고 이것저것 사면 안 된다는 걸. 버리고 비우면 안갯속같이 불분명했던 모든 것이 선명하게 드러난다.

운명이 막혔다면 일단 버리고 청소를 하라는 『청소력』 책의 개운 메시지가 맞나 보다. 집이 환해지니까 그때서야 나 자신의 모습을 객관적으로 보게 된다. 건강 문제도 보이고 앞으로 어떻게 살아야 할지 어떻게 해결할 수 있을지 단서가 보인다.

비워진 공간은 행운으로 채워진다

요즈음은 아무리 바빠도 청소기를 돌리고 출근한다. 심지어 샤워도 하고 나간다. 이렇게 되기까지 늘 마음이 어정쩡했다. 그래도 난 열심히 사는 사람이라고 위안하며 대충 치우고 살았다. 불행도 습관이듯이 정리도 습관의 영역이다. 습관이 되면 자동 버전이 된다.

버리고 청소하고 정리정돈하면 좋다는 걸 누구나 다 안다. 다 알고 있지만 실행이 어려운 것은 완성된 후의 기쁨을 모르기 때문이다. 작은 모임에서 함께 하면서 서로 인증도 하고 과정을 나누면 훨씬 실행하기 좋다.

고요하고 깨끗한 산사를 찾으면 마음도 단정해진다. 때때로 스님들이 마음 닦는 곳에 가 보면 너무나 정갈하다. 버리기와 청소가 산사의 고요함과 행복을 만드는 길이라 생각하며 오늘도 3권의 책을 들고 나간다.

버리고 정리한 아늑한 공간은 행운을 담기에 좋다. 행운의 자장은 맑고 환한 곳에 찾아온다. 정갈한 공간은 운명을 환하게 밝혀 준다. 한꺼번에 다 버리기는 무리이니 하루 한 가지씩 버려 보라. 버린 만큼의 여유와 행복한 공간이 창조될 것이다.

하지은 작가

나의 경험을 나누는 것이 타인에게 공헌하는 방법이 될 수 있다는 생각에 글을 쓰기 시작했다. 그러나 글을 쓰는 과정에서, 나의 경험을 기록하는 것이 스스로를 이해하고 치유하는 여정이 될 수 있다는 사실을 깨달았다. 이 책이 작가의 이야기를 일방적으로 전하는 것이 아니라, 독자의 이야기가 만나고 공명하는 연대의 장이 되기를 진심으로 바란다. 만약 이 책이 누군가에게 작은 위로와 통찰을 전할 수 있다면, 그것이 이 책을 쓰는 가장 큰 의미가 될 것이다.

이성재 작가

처음 집필을 시작할 때 느낌은 어디서부터 무엇을 해야 할지 모르는 아이로 돌아간 느낌이었다. 아이 옆에서 늘 도와주시는 부모님, 선생님의 가르침으로 성장하는 학생처럼 도움을 받아보니 뭔가 완성되는 것이 신기했다. 처음에는 날달걀이었지만 지금은 달걀을 삶기라도 했기에 글이 어제보다 조금 더 나은 글이 되었다는 것에 뿌듯함을 느꼈다. 이전과는 다르게 살아 보고 생각을 달리해 보며 단순히 글쓰기가 아닌 새로운 인생의 습관을 만드는 계기가 되어 기쁘다.

이예림 작가

'함께'의 힘은 강력했다. 막연하게 책을 써 보고 싶다는 생각을 가지고 있었지만, 실행까지는 오랜 시간이 걸릴 것 같았다. 운 좋게 약 3달의 시간 동안 다른 분들과 함께 새로운 도전을 할 수 있었다. '하루에 한 번 이상 주변 사람들에게 전화로 안부 묻기'라는 도전 과제를 통해서도 큰 변화가 있었다. 또 3달 동안 여럿이 활동함으로써 예상보다 빠르게 책 쓰기라는 하나의 목표에 도달할 수 있었다. 1월부터 시작했던 책 쓰기 프로젝트의 결과 2025년은 나에게 용기와 변화, 성장으로 시작하는 계기가 되었다. 혼자보다 함께 성장하는 가치는 감히 비교도 할 수 없이 귀중했다. 우리는 나 하나보다 강했다.

윤슬 작가

글쓰기를 위해 매일 도전하며 그 어느 때보다도 몸과 마음이 건강한 시간을 보냈다. 머릿속에 엉킨 생각들을 글로 풀어내는 것은 어려운 일이었지만 헤맨 만큼 나는 더욱 정돈되었다.

김정아 작가

늘 마음속으로만 그리던 것을 직접 실천해볼 수 있었던 소중한 시간이었습니다. 매일 짧은 시간이라도 수채화를 연습하며, 그 과정 속에서 조금씩 습관을 만들어갈 수 있었습니다. 반복되는 작은 일상이기에 눈에 띄는 변화가 없어 속상할 때도 있었지만, 한 걸음씩 나아가며 그 안에서 끈기와 작은 희망들을 키워갈 수 있었습니다.

매주 토요일, 따뜻한 커피처럼 포근한 그림의 세계로 이끌어주신 김성인 관장님과 권희경 선생님, 그리고 가원의 모든 분들께 진심으로 감사드립니다. 끝까지 격려해주시며 글을 마무리할 수 있도록 도와주신 이주현 선생님께도 깊이 감사드립니다.

정지혜 작가

공동 집필이라도 처음엔 엄두가 나지 않아 포기하려고 했다. 시작도 전에 책으로 내기에는 소재가 되는 내 경험이 너무 사소한 것은 아닌지 걱정이 앞섰다. 하지만 이주현 작가님이 이끌어 주는 대로 한 걸음 한 걸음 가다 보니 어느새 여기까지 와 버렸다. 써 놓은 글을 다듬는 과정이 번거롭기도 하고 완벽한 문장이 되기에는 부족해 보이지만 그 과정을 돌아보면 꽤 좋은 경험이었다. 어제와 다른 내일을 맞이한다는 건 언제나 설레는 일이다.

서신영 작가

책 쓰기 모임에 처음 참여할 때, 걱정이 앞섰다. 일단 참여하겠다고 내지르긴 했는데, 막상 책을 쓴다고 생각하니 한 번도 해 본 적이 없는 일이라 앞이 캄캄했다. 그래도 이전과는 정말 다르게 살아 보고 싶은 마음이 컸기 때문에 하나씩 차근차근 단계별로 따라갔다.

감사일기를 쓰는 것도 쉽지 않았다. 매일 감사할 일들을 찾는 것이 처음에는 많이 어려웠다. 게다가 나의 감사일기를 공유하는 것도 조금 부끄럽고 민망했다. 그랬던 내가 어느 순간부터는 감사일기를 쓰지 않으면 하루가 허전해지기 시작했고, 감사한 일을 생각하면서 하루를 마무리할 때 미소 짓거나 웃고 있었다. 하루하루가 생각보다 꽤 괜찮은 하루였음을, 감사한 일이 넘치는 하루였음을 알게 되었다.

지금도 감사일기는 꾸준히 쓰고 있다. 아무것도 할 수 없다고 생각했던 나도 생활 습관을 바꾸고, 집필에 함께할 수 있도록 이끌어 주신 이주현 작가님께 깊은 감사를 드린다. 또 함께 집필에 참여해 주신 집필진 선생님들도 고맙다. 중간에 포기하지 않고 끝까지 감사일기를 작성한 나에게도 고맙다. 그리고 뭐든지 할 수 있다고 믿어 주고 아낌없는 응원을 보내 준 가족에게도 감사의 말씀을 드린다.

이주현 작가

초여름 아침, 풀잎에 맺힌 이슬 한 방울이 모이고 모여 작지만 맑고 깨끗한 물 한 잔을 만들었다. 우리는 하루하루 계획하고 실행하며 우리의 삶을 더욱 충만하게 만드는 좋은 습관 하나가 인생의 보물이 되고 삶의 등불이 되어 준다고 믿었다. 이 책을 만나는 독자님들께서도 멋진 인생의 도구로 아주 작은 습관을 삶의 도구로 활용하시기를 간절히 바란다.

이전과 다르게 살기

© 이주현 · 정지혜 · 윤슬 · 김정아 · 이예림 · 이성재 · 하지은 · 서신영, 2025

초판 1쇄 발행 2025년 6월 27일

지은이   이주현 · 정지혜 · 윤슬 · 김정아 · 이예림 · 이성재 · 하지은 · 서신영
펴낸이   이기봉
편집   좋은땅 편집팀
펴낸곳   도서출판 좋은땅
주소   서울특별시 마포구 양화로12길 26 지월드빌딩 (서교동 395-7)
전화   02)374-8616~7
팩스   02)374-8614
이메일   gworldbook@naver.com
홈페이지   www.g-world.co.kr

ISBN   979-11-388-4418-5 (03810)

- 가격은 뒤표지에 있습니다.
- 이 책은 저작권법에 의하여 보호를 받는 저작물이므로 무단 전재와 복제를 금합니다.
- 파본은 구입하신 서점에서 교환해 드립니다.